O Agente das
Galáxias

Os Hackers de Mentes
e as Sementes da Revolução

Fabio Toledo

O Agente das
Galáxias
Os Hackers de Mentes e as Sementes da Revolução

Copyright© 2014 por Brasport Livros e Multimídia Ltda.
Todos os direitos reservados. Nenhuma parte deste livro poderá ser reproduzida, sob qualquer meio, especialmente em fotocópia (xerox), sem a permissão, por escrito, da Editora.

Editor: Sergio Martins de Oliveira
Diretora: Rosa Maria Oliveira de Queiroz
Gerente de Produção Editorial: Marina dos Anjos Martins de Oliveira
Revisão: Maria Helena A. M. de Oliveira
Editoração Eletrônica: SBNigri Artes e Textos Ltda.
Capa: Trama Criações
Ilustração: Diego Jovanholi

Técnica e muita atenção foram empregadas na produção deste livro. Porém, erros de digitação e/ou impressão podem ocorrer. Qualquer dúvida, inclusive de conceito, solicitamos enviar mensagem para **editorial@brasport.com.br**, para que nossa equipe, juntamente com o autor, possa esclarecer. A Brasport e o(s) autor(es) não assumem qualquer responsabilidade por eventuais danos ou perdas a pessoas ou bens, originados do uso deste livro.

TG49a
        Toledo, Fabio
        O agente das galáxias: os hackers de mentes e as sementes da revolução / Fabio Toledo – Rio de Janeiro: Brasport, 2014.

        ISBN: 978-85-7452-697-3

        1. Literatura infantojuvenil I. Título

CDD: 028.5

Ficha catalográfica elaborada por bibliotecário – CRB7 6355

BRASPORT Livros e Multimídia Ltda.
Rua Pardal Mallet, 23 – Tijuca
20270-280 Rio de Janeiro-RJ
Tels. Fax: (21) 2568.1415/2568.1507
e-mails: marketing@brasport.com.br
            vendas@brasport.com.br
            editorial@brasport.com.br
site: **www.brasport.com.br**

Filial SP
Av. Paulista, 807 – conj. 915
01311-100 – São Paulo-SP
Tel. Fax (11): 3287.1752
e-mail: filialsp@brasport.com.br

Dedicatória

Dedico este livro primeiramente a Deus, a seus Anjos de Luz e a todas as crianças. Dedico-o ainda a meus pais, Henrique e Iara Toledo. Devo a vocês tudo o que tenho e sou. Vocês são meus eternos mentores e os verdadeiros autores desta obra, pois este livro reflete tudo o que sempre me ensinaram ao longo da vida.

Dedico este livro também a meus eternos e preciosos amores, minha esposa e meus filhos, Erica, Gabriel e Sophie Toledo. Dedico-o ainda aos demais membros de minha família, em especial a minhas irmãs e minha sobrinha Soraia, Vanessa e Manuela Toledo, minhas tias Regina Teixeira e Cleusa Oliveira, meus avós de coração, Licério e Celi Andrade, e a meus sogros e cunhados Batista, Selma, Rodrigo e Fabiana Silva.

Agradecimentos

Este livro é fruto de muito trabalho e dedicação.
Agradeço a todos os que me ajudaram nessa tarefa, em especial minha família e a família Suassuna, pelo apoio e pelos sábios ensinamentos.

Sumário

Introdução 1
1. A Penetra Intergaláctica 9
2. Os Hackers de Mentes 17
3. A Academia Germinariana e o Traje Biônico 29
4. Exercendo a Felicidade, a Força de Vontade e a Criatividade 41
5. Bandeças, Eureka! 65
6. O Nascimento do Líder de Leônidas e sua Tropa 79
7. O Mistério de Lúcius 89
8. Missão Cavernas Secretas 95
9. O Conselho Germinariano 103
10. As Sementes da Revolução 111
Bibliografia 117

Introdução

Aquela bela paisagem do mar associada ao nascer do sol, vista através das lajes sobrepostas não deixava dúvidas de que mais um belo dia raiava na Favela da Mata, pequena comunidade carente na zona sul do Rio de Janeiro. Aos poucos, um alvoroço bonito de se ver se formava: os becos se enchiam de cidadãos que desciam as ladeiras rumo ao trabalho. O clima descontraído era reflexo daquela gente, na grande maioria honesta, guerreira, alegre e batalhadora, que lá habitava. Nem parecia que aquelas pessoas passavam por tantos apertos e necessidades.

Do alto da laje de seu barraco, no entanto, uma figura triste contrastava com aquela visão. Seu olhar contemplava o nada. Aquela que sempre teve tanta fé havia desistido de rezar. Lágrimas teimavam em descer daqueles olhos negros e cansados. Era Maria de Fátima, mais conhecida na comunidade como Fatinha, esposa de Zé Garoa; sujeito perigoso, mau elemento, que impunha respeito na comunidade, juntamente com seu bando, através da violência. Por dormir de dia e permanecer acordado à noite, exposto ao tempo, ganhou esse apelido na comunidade. No alto de seus 32 anos, lá estava ela, desiludida e entristecida. Após mais uma briga com o marido, olhava seus poucos bibelôs, aos pedaços, jogados ao chão, fazendo companhia ao que sobrara de sua TV. Em silêncio, ela refletia:

"Como aquele homem carinhoso pode ter mudado tanto?"

"Ah, se eu tivesse escutado minha mãe! Tantas e tantas vezes ela me avisou."

Há muito, Fatinha perdera a razão de viver; apenas sobrevivia, dia após dia. Não parecia mais aquela jovem convicta de cinco anos antes, que, contra tudo e contra todos, deixara para trás sua família e seu vilarejo, no interior do Rio de Janeiro, para viver um sonho ao lado de seu amado. Aquele moreno alto e musculoso encantou a linda jovem interiorana, de pele alva e cabelos longos e lisos, com promessas de uma vida melhor e feliz que não se concretizaram. Abririam juntos uma pequena confecção de roupas na comunidade e seriam felizes. *Pouco com Deus é muito*, sempre repetia. Ela não desejava luxo ou riquezas, só sonhava em ser feliz ao lado de seu amor. Porém, em poucos meses, seu sonho tinha se tornado um pesadelo que parecia não ter fim, onde predominavam discussões e mais discussões. Em sua cidadezinha, nunca teve luxo, mas era feliz.

Fatinha foi obrigada por Zé a desistir de seus sonhos e cuidar da casa; lá é que era lugar de mulher direita, ele é quem tinha que sustentá-la. Ela era contra a vida que Zé levava, aquilo contrastava com todos os seus princípios e valores. Aprendeu com seus pais que apenas com muito suor e trabalho duro é que se vence na vida, ao menos de forma digna. Apesar disso, não tinha coragem de deixá-lo. Dia após dia ela se iludia, dizendo a si mesma que logo tudo aquilo ia passar. *No fundo Zé é um bom moço, ele vai voltar a si*, repetia exaustivamente para abrandar sua dor. *Afinal, qual seria a outra opção?*, pensava. Para onde iria se o deixasse? Sua família jamais a aceitaria de volta, depois de tudo...

Mal sabia ela que, justamente naquele ambiente, em meio a tanta dor, aconteceria algo que mudaria sua vida para sempre, e para melhor. Ainda que não tenha sido isso o que ela pensou na hora...

Lá estava ela, entretida em seu desânimo, quando foi surpreendida por alguém batendo insistentemente na porta. Quem seria àquela hora da manhã? Surpresa ficou ao abrir a porta e deparar com ninguém, ou melhor, com um cesto. Com certeza era um presente de dona Isabel – no dia anterior ela havia consertado um vestido rasgado dela. *Não precisava, mas tomara que seja um de seus deliciosos bolos de coco*, pensou. Ledo engano! Tratava-se de uma espécie de bercinho, e não de um cesto, e dentro dele havia um lindo bebê. Ao se dar conta, fechou a porta imediatamente. Como criaria um bebê àquela altura? Por certo devem ter só apoiado o berço... já já alguém virá buscá-lo. Os princípios que herdara de seus pais e seu instinto materno, no entanto, não a deixaram ignorar aquela situação. Sempre quisera ser mãe, claro que imaginava criá-lo em um ambiente feliz, mas... Lentamente, abriu a porta de sua casa e entrou com o bebê.

Tratou de examiná-lo. Era uma criança saudável, bem cuidada, portando uma roupinha fina. Tinha uns três meses, no máximo, e lindos olhos esverdeados e penetrantes. Dentro do berço, um bilhetinho chamava atenção: "por favor, cuide de mim com amor", era tudo o que dizia.

E lá estava ela, diante daquele lindo menininho, que mexia seus pezinhos e bracinhos pedindo colo, o que prontamente concedeu. Nesse momento, encontrou no interior do berço algumas coisas que chamaram sua atenção: além de mamadeira, chupeta e outros apetrechos de bebês, havia uma espécie de diário escrito em um idioma que ela desconhecia e estranhos artefatos eletrônicos. Com exceção de um treco retangular que parecia um cartão de banco, porém mais grosso, todas eram circulares. Tinham a forma de uma laranja cortada ao meio, porém eram transparentes e tinham placas eletrônicas dentro. E o mais curioso objeto de todos: um bracelete do qual emanava uma luz azul.

Que estranho!, pensou. Alguns poucos minutos mais tarde, se daria conta de que isso era apenas uma pequena parte do mistério que envolvia aquela criança. O bebê tinha olhos grandes e afetuosos que nela provocaram uma sensação estranha, mas agradável. Ao olhá-los fixamente, era como se ficassem cada vez mais claros, até que assumiam um formato de estrela. Nesse momento, era como se ela pudesse se comunicar com o bebê através da mente; tinha a estranha sensação de perceber os sentimentos dele através dos olhos. Como isso seria possível? Era algo inexplicável, inacreditável, inimaginável!

Claro que só pode ser impressão minha! Devo estar ficando louca..., pensou. Por certo eram seus instintos maternos que afloravam. A confirmação de que se tratava de algo único, porém, não tardaria. Minutos depois, ao olhá-lo nos olhos, ela teve a nítida sensação de ter ouvido dentro de sua cabeça:

— Estou com fome!

Imediatamente balançou a cabeça negativamente e passou a mão nos cabelos, como se tentasse tirar aquele pensamento insano dela. No entanto, quanto mais desviava o pensamento, mais alta e insistente aquela voz ecoava em seu cérebro. Já quase com dor de cabeça, resolveu ceder. Encheu uma mamadeira com leite e deu ao bebê. Em seguida, o viu sorrir e agradecer com os olhos. Pois é, "agradecer com os olhos"... por mais estranho que possa parecer, era essa a sensação que ela teve; estava convicta, agora, de que aquela criança era especial!

Inúmeras questões vieram imediatamente à sua cabeça: por que haveria de aquele bebê ter sido colocado justamente em sua porta? Como contaria aquilo ao Zé? Aquele bebê precisava de tantas coisas, e ela nada tinha a oferecer... seu pensamento silenciou-se ao ouvir, bem dentro de sua mente:

— Me deixa ficar... você tem tudo o que preciso.

Não era possível, ele também podia ler seus pensamentos? Bom, pouco importava isso agora, pois aquelas palavras a tocaram de tal forma que jurou para si mesma que, enquanto estivesse viva, se dedicaria a educar aquela criança!

Mas como chamá-lo? Será que já tinha nome?

Tornou a ler o bilhetinho, procurando por um nome, em vão...

— Miguel, Miguel Andrade.

Foi o que respondeu, alguns meses depois, ao ser indagada pelo atendente ao registrar aquele bebê. Graças a um defensor público, ela fez todo o processo legal e conseguiu ter prioridade na adoção.

Por dias tentou buscar notícias de seus pais na comunidade, em vão. Nem mesmo a fofoqueira da Maria de Lourdes viu quem deixou aquele bebê lá. Após muita discussão com Zé, que não queria ter que alimentar mais uma boca, e muito quebra-quebra, conseguiu convencê-lo. No entanto, Zé tratou de deixar claro que ela teria que cuidar sozinha daquele "traste"; ele não queria nem vê-lo na sua frente.

Fatinha guardava consigo os poucos bens e os segredos referentes aos dons de Miguel, ao mesmo tempo em que se preocupava com seu futuro. *As pessoas não estão prontas para entender*, pensava, *mas não poderei escondê-lo para sempre...*

O tempo passava e naquele ambiente de desavenças crescia Miguel. Alheio a isso e às más influências de Zé Garoa, Miguel era criado sob rígidos princípios morais e muito amor. Quando Miguel atingiu certa maturidade, ela lhe contou a verdade sobre sua adoção, e ele foi criado sabendo que Maria de Fátima era sua mãe de coração. Para ele, isso pouco importava, mas guardava uma curiosidade enorme de descobrir suas origens. Ela o ensinava a ser uma pessoa de caráter e de bom coração e a lutar para conquistar seus sonhos dignamente, com seu esforço e trabalho, tal como aprendera. Graças a ele, e para ele, Maria de Fátima voltou a viver! Voltou até a rezar, agradecia diariamente a Deus por aquela bênção em sua vida.

Miguel era uma criança diferente. Custou muito a falar, talvez por causa de sua capacidade de comunicação mental cada vez mais aflorada.

Mas falava assim apenas com ela; ao menos ninguém nunca havia comentado nada a respeito. Entretanto, quando começou a falar, aos três anos de idade, o fez lendo uma palavra de sua blusa. Ela custou a acreditar, mas poucos meses depois ele já lia frases completas, sem que nunca ninguém tivesse ensinado, e já fazia algumas operações matemáticas.

A cada dia Miguel se mostrava um garoto prodígio e ela achou que ele precisava de um tratamento diferenciado. Foi quando os problemas começaram.

Mal entrou na creche, aos quatro anos, as professoras perceberam que ele já havia se alfabetizado por conta própria. Era completamente diferente das outras crianças: sabia ler, interpretar e escrever. Logo ele ficou famoso na Favela da Mata. Não tardou até a rádio local pedir uma entrevista para falar sobre o menino e chamar atenção de Zé. Apesar de ter prontamente rejeitado conceder a entrevista, aquela criança estava chamando atenção demais – tudo o que Zé Garoa não queria.

Ele ameaçou colocá-la no olho da rua e, em meio a muita discussão, pela primeira vez, além da tradicional quebradeira, ameaçou bater em Maria de Fátima. Ao levantar seu braço para estapeá-la, caiu por terra. Sentiu uma dor de cabeça imensa, como nunca sentira antes. Uma voz ecoava em seu cérebro:

— Saia daqui! Saia daqui!!!

— Quem está falando isso? Sai da minha cabeça!

Subitamente ouviu:

— Eu, Miguel!

Quase se urinou todo ao ver uma estrela no lugar dos olhos do guri!

— Isso é coisa do cão! Te mato, sua peste! – disse Zé, aos gritos.

Quanto mais esbravejava, mais aumentava sua dor de cabeça.

— Manda essa praga parar! Manda esse infeliz parar, Fatinha!

— Calma, Miguel... calma...

Com carinho, ela o acalmara e assim cessou o tormento de Zé Garoa, que saiu do barraco em disparada.

Fatinha repreendeu Miguel pelo feito. Não podia expor seus dons! Mas, no fundo, estava feliz porque ele a protegera. Seu guri era especial! Riu sozinha ao pensar que ele era um super-herói ou algo assim; imaginou-o de capa e tudo voando por aí! Miguel também sorriu ao perceber seu pensamento. Juntos riram por vários segundos, desfazendo prontamente o ambiente de violência que se formara anteriormente. Miguel era mestre nessa arte.

Naquele dia Fatinha decidiu tirar Miguel da creche – mas o que seria daquele moleque sem educação? *Bom, depois vemos isso*, pensou.

Miguel permaneceu longe da escola até os seis anos de idade. A intenção de Fatinha era fazer a comunidade esquecer do quão era especial; de certa forma, isso ocorreu. Ele finalmente havia se enturmado um pouco, apesar de sua timidez e da superproteção de Fatinha: jogava bola na várzea, soltava pipa, brincava de bola de gude, ia à praia; como amava o mar! Graças aos seus óculos "fundo de garrafa", ele sofria piadinhas frequentes dos amigos, mas não revidava. Ele era magrinho e, apesar dos olhos claros, era um típico mestiço; tinha pele alva e cabelos um pouco crespos. Desde que tomou certa consciência de seus dons e do efeito que causava nas pessoas, Miguel passou a camuflá-los. Com exceção de Zé Garoa. Volta e meia Miguel o encarava com um olhar ameaçador e, em seguida, se divertia consigo mesmo. Percebendo que os dons de Miguel se aperfeiçoacam a cada dia, de uns tempos para cá, Zé Garoa até vinha tratando Fatinha melhor.

Mas, engana-se quem pensa que Zé se rendeu facilmente; ele tentou desafiar Miguel outras vezes, porém sempre era surpreendido. Na última vez, Miguel, que já tinha desenvolvido a habilidade de se comunicar com animais, fez com que várias aranhas o atacassem. Zé Garoa não temia nada, exceto aquele inseto horrendo. Miguel havia lido isso em sua mente. As aranhas eram grandes, negras e de pernas grossas. Essa traquinagem foi o suficiente para que Zé Garoa evitasse Miguel a todo o custo; teve pesadelo com elas por vários dias. Acordava aos berros, aterrorizado.

A partir dos sete anos, Miguel passou a frequentar uma escola municipal próxima à comunidade. Vivia "aéreo", pois tinha total domínio do que suas professoras diziam. No entanto, fingia estar aprendendo, e até errava uma questão ou outra de propósito. Certo dia, no recreio, deparou-se com um panfleto que faria sua vida dar uma guinada: ele falava de um curso de informática que estava sendo oferecido gratuitamente por uma ONG na comunidade. Miguel estava ansioso para acabar a aula.

Foi um dos primeiros a se inscrever – e foi nesse dia que conheceu Clara. No alto de seus trinta e poucos anos, era alta, loira de olhos claros e tinha cabelos curtos. Ela era nascida e criada na comunidade, mas atualmente morava em Ipanema. Era psicóloga, mas também era profunda conhecedora de tecnologia e inovação, dava até aula. Clara amava esportes radicais e a natureza.

Amorosa e atenciosa, Clara encantou-se por Miguel desde o primeiro momento. Não tardou para que ela notasse que Miguel era um menino especial. Ela estimulava sua criatividade e independência. Ele amava ler! O computador e a internet abriram seus horizontes a novos conhecimentos, para os quais estava sedento, ainda que inconscientemente. Aos dez anos de idade, Miguel não apenas usava com maestria a maioria dos aplicativos de seu computador, como já estava aprendendo a criar seus próprios programas, dando asas à sua criatividade com animações e joguinhos.

Miguel era uma verdadeira fábrica de ideias; tinha imaginação fértil. Um de seus passatempos preferidos era criar histórias em quadrinhos, com personagens de super-heróis que ele mesmo inventava para combater o mal. Em geral, eram personagens que uniam habilidades futuristas a vestes antigas das histórias de cavaleiros medievais, que gostava. Sua intenção era transformá-las em desenho animado em breve.

Clara tinha uma filha chamada Isabel. Miguel e ela tornaram-se inseparáveis desde que se conheceram na ONG. Bel, como ele a chamava, tinha a mesma idade que ele e era muito parecida com a mãe: loirinha, de cabelos longos e lisos, olhos claros e feições delicadas; apesar da aparência dócil, era uma leoa; amava o surfe e esportes radicais.

Mas nem tudo eram flores. Bel não trouxe apenas alegrias à vida de Miguel: ainda que inconscientemente, ela também lhe trouxe problemas. Lucas, seu irmão, dois anos mais velho, sempre foi uma criança rebelde. Ao longo de sua pré-adolescência, sua revolta se intensificou. Além de ser um troglodita, era bem mais alto e gordo do que Miguel; seu estômago parecia não ter fim. Dado seu porte, alguns colegas se escondiam constantemente atrás dele para fazer arruaças sem ser incomodados. Lucas liderava alguns de seus colegas *playboyzinhos* com menos cérebro que ele, que formavam uma espécie de gangue sob seu comando. Seus passatempos prediletos eram vandalizar e humilhar aqueles que discordavam de seus princípios. Miguel virou seu alvo predileto.

Dentre suas traquinagens, adoravam abaixar as calças de Miguel na frente de todos e conduzir sessões de "espancamentos". Quanto mais ele reagia, mais apanhava. Mas o que machucava mesmo Miguel, e doía muito mais que as pancadas que tomava, era quando o humilhavam. Dada sua origem humilde, amavam esnobá-lo, ridicularizá-lo, diminuí-lo e xingá-lo de apelidos nada carinhosos, como "sararazinho do morro" e "*nerd favelado*". Sempre que Bel estava por perto, ela os repreendia, mas como ela nem sempre estava... Miguel nunca usou seus dons contra ele, mas bem que tinha vontade! Sua amizade com Bel o impedia de reagir, mas não era apenas isso que o travava. Lucas tinha o poder de fazer Miguel sentir-se um "nada" – e isso meio que sugava suas forças, impedindo-o de reagir.

Como Miguel e Bel eram inseparáveis, ele frequentava sua casa e seus passeios. Miguel acompanhava Bel e Clara em caminhadas pelas trilhas, escaladas, mergulhos – só não tinha aprendido a surfar como Clara fazia com maestria e Bel já dava os primeiros passos; esse definitivamente não era o seu forte; preferia assisti-las da praia ou ficar nadando.

Enfim, o principal passatempo de Miguel era brincar com Bel, criar e aprender. Como tantas e tantas crianças em sua idade, sofria assédio de alguns coleguinhas revoltados; Miguel havia se tornado um moleque "normal".

Até o aniversário de 11 anos...

1. A Penetra Intergaláctica

Finalmente, chegou o dia do aniversário de Miguel. Era 13 de julho de 2013. A data marca o dia mundial do rock, apesar de seu aniversário nunca ter sido *rock and roll*: a monotonia imperava! Miguel nunca teve uma festa de aniversário. Para ele sempre foi um dia comum. Raramente ganhava presentes de sua mãe, pois ela não podia comprá-los. Zé Garoa achava frescura essas coisas, o negócio era comer "bem". Além disso, Zé não queria colegas de Miguel na sua casa, por isso nem deles ganhava presentes. Seu aniversário se resumia a um bolinho de supermercado com uns palitos de fósforo. Miguel nunca reclamou de nada, sabia que sua mãe fazia o máximo que podia, mas como desejava uma comemoração de verdade! Ele nunca tivera uma festinha sequer, mas, naquele ano, tudo seria diferente!

Havia uns dois meses que alguns policiais "tomaram" a comunidade; pelo visto, tinham vindo para ficar. Diziam que iriam transformar a Favela da Mata em um bairro todo arrumado. Algumas coisas estavam mesmo melhorando: havia obras por todo o lado e a comunidade estava mais bonita e segura. Porém, o verdadeiro motivo de comemoração para Miguel era que Zé Garoa havia desaparecido da comunidade desde então – e, pelo visto, para nunca mais voltar. Sua mãe, no entanto, não estava comemorando: suas contas estavam se acumulando e ela estava bastante preocupada, mas nunca deixou Miguel perceber. E ele, distraído com tantas novidades, nem se atentou.

O fato é que, graças ao sumiço de Zé e à iniciativa de Clara, agora praticamente sua madrinha – ele até a chamava de dinda –, Miguel, ganharia um aniversário dos sonhos. Clara havia preparado uma festa para ele lá na quadra, com direito a bolas, convidados, brincadeiras e tudo mais. Em seu barraco mal cabia ele e sua mãe, mas a quadra era enorme! E não seria qualquer festinha não, ia ter churrasco e tudo!

Miguel tinha ainda outros motivos para comemorar. Há muito que ele namorava umas plaquinhas eletrônicas que Clara usava para seus projetos de automação e robótica e ela havia prometido lhe dar um *kit* de presente, para que ele aprendesse a criar robôs e automatizar equipamentos, tal como ela. Para quem já sabia até montar computador, interconectar e programar aqueles "computadorezinhos" seria moleza!

Enfim, ele estava feliz como nunca! Mal acordou e arrastou sua mãe para a quadra, para que participassem dos preparativos. Não tardou até a festa começar. Clara e Bel chegaram em seguida. Miguel estava ansioso para o seu presente, mas nada. Até que Clara disse que o tinha escondido lá na casa dele, e ele, tal como um detetive, teria que encontrar. Disse que havia deixado umas pistas e tal.

Nem precisou falar duas vezes e lá foi ele correndo para casa. Estava tão animado que até esqueceu de chamar Bel para acompanhá-lo. Sua mãe gritou algo, mas ele nem ouviu. Miguel era fascinado por desafios, por investigar e desvendar mistérios. Bel tinha um jogo que ele amava, no qual era preciso seguir pistas corretamente para desvendar os casos; este era um de seus passatempos prediletos. Em se tratando de um mistério onde encontraria seu presente tão esperado, não havia tempo a perder!

Mal chegou em casa e partiu logo para o armário da pequena cozinha. Saiu abrindo vários potes e nada do presente. Partiu então para o seu armário: nada. Só podia estar no armário da mãe, claro! Saiu revirando as roupas, sem nem mesmo lembrar que ela teria um treco quando visse aquela bagunça, até que encontrou, dentro de uma pequena caixa de madeira!

— Nossa, maneiro! Show! A dinda caprichou mesmo. E ainda tem um bracelete!

Ao colocar o bracelete no braço, luzes azuis começaram a emanar daquele acessório. Em seguida, o objeto começou a emitir palavras desconexas, em outro idioma, talvez.

— Nossa, meus colegas vão achar irado! – exclamou Miguel.

— Idioma reconhecido, português do Brasil. DNA compatível, cidadão de Germinare. Onze anos de idade, nenhuma doença ou ferimento detectados. Funções vitais normais, imunidade normal. Reconhecendo o perfil e o *Scutus* do usuário. Configurando as funções personalizadas. Dispositivo ativado – encerrou o aparelho, fechando-se no braço de Miguel e parando de emitir luzes.

— Desse eu nunca tinha visto! Como será que usa...?

Subitamente, o dispositivo voltou a emitir luzes e frases:

— Iniciando atualização do banco de dados para identificação da linhagem germinariana. Família 1345, analisando cadastro. Erro 47: sem acesso ao banco de dados do sistema Falcone. Partindo para o modo manual. Você é uma criança iniciada?

— Não – respondeu Miguel, sem saber exatamente do que se tratava.

— Por favor, informe seu nome e planeta.

— Miguel Andrade, do planeta Terra – disse Miguel, se divertindo. Irado, parece um brinquedo espacial!

— Ativando modo de iniciação para filhos de cidadãos em missão no planeta Terra.

Subitamente o bracelete abriu um compartimento e expeliu um pequeno disco brilhante, que caiu no chão. Sozinho, ele foi flutuando até o centro do teto do quarto, até que se deu um imenso clarão.

Miguel quase morreu de susto ao avistar uma mulher de pele muito alva, em um longo vestido branco que cintilava luzes azuis de forma intermitente.

— Saudações germinarianas, Miguel Andrade – falou a mulher dentro de sua cabeça.

Miguel fez menção de gritar, mas imediatamente perdeu a voz, como se tivessem desligado o alto-falante de um rádio. Ele estava acostumado a acessar o cérebro alheio, mas jamais acessaram o seu. Na hora pensou: *fantasma!*

— Reconfigurando o dispositivo para modo cidadão nascido em missão, criado no planeta Terra – emitiu o bracelete.

— Acalme-se, Miguel Andrade, não quero seu mal. Meu nome é Saragon. O que vê é um holograma, conectado a um avançado banco de dados e sistema computacional inteligente.

Aos poucos Miguel foi se acalmando e notou que o quartinho de sua mãe, originalmente de parede de tijolo sem embolso, se transformara em uma espécie de sala ultramoderna, composta por uma estranha e densa luz.

Observando melhor, notou que eram dois ambientes: uma espécie de laboratório do futuro e outro ambiente que era um misto de sala de aula e escritório hipermoderno. Ambos tinham na parede uma espécie de quadro, escrito: I9mentor.

Notou ainda que Saragon era feita da mesma luz dos ambientes. Curioso: ele tentou tocá-la, notando que não era apenas luz, mas uma forma consistente.

— Mais calmo, Miguel Andrade?

Ele tentou falar, em vão.

— Fale com a mente, Miguel. Nós, germinarianos, temos o dom da telepatia. Você já deve saber disso, não?

— Sim, mas nunca tinha conversado assim com alguém. Geralmente só eu coloco as coisas na cabeça das pessoas.

— Mas eu sou como você, Miguel, por isso temos habilidades similares. Este é um ambiente de emulação e treinamento. Ele é composto de um sistema avançado de inteligência artificial e biotecnologia, por isso é possível interagir comigo quase que de forma presencial. Essa emulação reproduz uma sala de nosso centro de treinamento em Germinare. Ela faz parte de um módulo de treinamento avançado para cidadãos em missão em outros planetas.

Apesar de não conhecê-la, era como se Saragon fosse familiar. Era uma senhora loira de cabelos curtos e penetrantes olhos verdes que podiam ser percebidos à distância. Sentia ternura em sua voz, como jamais sentira antes. Era como se seus sentidos estivessem ainda mais aguçados, a tal ponto que podia perceber os sentimentos e as intenções dela. Isso o confortou.

— Quem é você e o que quer de mim?

— Miguel Andrade...

— Por favor, me chame de Miguel apenas – interrompeu.

— Miguel, me chamo Saragon. Sou a rainha de Germinare e mentora da Academia I9mentor, o Centro de Formações Interplanetário dos Agentes das Galáxias. Assim como você, eu sou originária do sistema planetário de Falcone, mais especificamente do Planeta Germinare, a milhares de anos luz da Terra. Somos um povo imortal e pacífico, engajado em cumprir a lei do universo, garantindo a constante evolução das galáxias.

— Desculpe, vossa majestade... é assim que fala? Então a senhora tem milhares de anos?

— Sim, não envelhecemos em Germinare – divertiu-se Saragon.

— Então eu nunca vou envelhecer?

— Na Terra sim, mas após migrar para Germinare, não mais.

— Maneiro! E por que nunca ouvi falar da senhora e nem desse tal povo de Germinare?

— Agimos em silêncio, Miguel. Nós nos misturamos, camuflados, em meio a outros povos e os incentivamos a evoluir. A propósito, onde estão seus pais?

— Bom, o Zé sumiu e minha mãe está lá na quadra.

Percebendo o olhar confuso de Saragon, Miguel parou e pensou:

— Ah, a senhora diz os verdadeiros? Não sei, não. Sou adotado.

— Entendo... Miguel, milhares de anos atrás nosso planeta já foi como a Terra, mas evoluímos. Essa é a lei do universo, tudo deve evoluir constantemente através da meritocracia.

— Meritoca-o-quê?

— Meritocracia, Miguel. Significa que ninguém evolui sem merecer, sem fazer por onde.

— Ah, tá...

— Nada escapa a essa lei. Milhares de anos atrás, tal como, um dia, acontecerá na Terra, todos os seres rebeldes e de má índole de Germinare foram banidos e enviados a planetas menos evoluídos. Lá eles tiveram a chance de recomeçar seu processo evolutivo. Os que hoje restam em Germinare são pessoas de bem.

— E eu sou desse planeta, certo? Então também tenho essa missão?

— Isso mesmo. O sistema planetário de Falcone já atingiu o ciclo máximo de evolução, por isso todos os habitantes dos planetas foram escolhidos para ser os responsáveis por garantir a constante evolução das galáxias que ainda estão em estágios evolutivos inferiores, tal como a Via Láctea, da qual o sistema solar da Terra faz parte. Entendeu?

— A-hã!

— Nosso planeta, especificamente, é responsável por garantir a evolução moral, intelectual e comportamental dos cidadãos do universo. Os habitantes dos demais planetas que compõem o sistema Falcone têm outras responsabilidades, como garantir a evolução tecnológica interplanetária. Trabalhamos todos unidos em prol de um objetivo comum. Estudamos detalhadamente o planeta Terra, os seres humanos e o comportamento dos terráqueos há anos. Estudamos sua história, sua cultura, suas origens, suas lendas e suas ciências. Por isso, temos profundo conhecimento sobre esse povo. Todas as informações foram armazenadas em um imenso banco de dados, o que nos permite interagir com os terráqueos quase como se fôssemos um deles.

— Por isso meus pais vieram pra Terra?

— Sim, eles foram enviados para uma missão de grande importância. Estou sem acesso ao banco de dados, mas, até a última atualização, infelizmente você está sozinho neste planeta, Miguel.

— Sozinho não, tenho minha mãe, a dinda e a Bel...

— Sim, claro, o sistema devia ter feito isso automaticamente, mas... deve ter sido um *bug*... deixe-me checar seu histórico cerebral; não vai doer, não se preocupe.

Miguel ficou zonzo por alguns segundos. Sentiu como se estivessem sugando o seu cérebro.

— Agora vejo essas pessoas. Têm boa índole, Miguel. Você foi bem criado, é uma criança boa, digna de Germinare. Tem os genes e o potencial para se tornar um agente das galáxias de muito sucesso, pode acreditar.

— Eu?

— Isso mesmo. Nossos agentes têm duas missões básicas: proteger os cidadãos de terceiros e de si mesmos, além de investigar e sanar eventuais ameaças e ataques interplanetários.

— Proteger os cidadãos de si mesmos?

— Sim, Miguel. Muitas pessoas cultivam hábitos com os quais fazem mal a si mesmas.

— Tipo comer muito açúcar?

— Também – sorriu pela primeira vez Saragon. – Mas refiro-me ao ódio, ao egoísmo, à inveja, à soberba, à vaidade e outros males que atingem a humanidade. A propósito, você precisa regressar a Germinare para iniciar seus estudos. Precisa ficar ao menos três meses para realizar seu treinamento de iniciação. Depois, pode voltar e frequentar regularmente a Academia, se quiser.

— Mas e a minha mãe? E meus amigos?

— Não se preocupe, sua ausência sequer será notada. Um mês em Germinare corresponde a pouco mais de vinte minutos terrestres. Deixe-me checar algo... onde está o laboratório de teletransporte?

— Teletransporte?

— Sim, temos a capacidade de teletransportar pessoas em poucos segundos para qualquer parte do universo. A propósito, juntamente com esse bracelete você achou outras coisas. Deixe-me ver, por favor.

Miguel estava mesmo curioso em relação a todas aquelas coisas na caixinha de madeira. Prontamente, entregou-as a Saragon.

— Ah, isso é bom, temos alguma chance! Antes de cessarem as comunicações, seus pais esconderam seu *kit* de teletransporte na caverna secreta onde eles trabalhavam; lá instalaram o laboratório. A caderneta é um mapa de localização desse local, escrito no idioma de nosso povo. Esses objetos que parecem uma meia lua são miniescudos de Germinare: chaves que permitirão que você adentre o local e acione seus dispositivos, inclusive o *kit* de teletransporte, quando chegar o momento. Quanto ao cartão... é estranho...

— Estranho por quê?

— Porque... ameaça detectada!

Subitamente todo o ambiente desapareceu, assim como Saragon. Aquela espécie de bateria retornou rapidamente ao bracelete, como se fosse um superímã.

— Miguel, está tudo bem? – indagou Clara.

— Sim. Quer dizer, acho que sim.

— Você está pálido. Está mesmo tudo bem?

— Sim, está.

— Que lindo relógio, quem lhe deu?

— Relógio? Ah, é de brinquedo, ganhei hoje de um colega – desconversou Miguel.

— E aí, achou o *kit*?

— Sim, quer dizer, não... – disse, fechando a caixa de madeira e colocando o bracelete dentro, que se permitiu soltar de seu pulso. Procurei em tudo e não achei.

Achando que sua palidez se devia ao fato de não ter achado, Clara sentiu-se culpada. Rapidamente entregou o local do esconderijo:

— Está embaixo da sua cama, Miguel.

Ele apanhou e abriu o presente, sem muito entusiasmo. Aproveitou para esconder a caixa de madeira no mesmo lugar. Ao notar os pensamentos de Clara, que estranhavam sua atitude, tratou de se corrigir.

— Nossa, muito legal, dinda, amei!

E partiram para a festa. A comemoração estava muito animada, mas Miguel estava distraído. Milhares de perguntas se passavam em sua cabeça. Não conseguia parar de pensar em tudo o que viu e ouviu.

— Miguel, olha só, trouxe um queijo de coalho assado que você tanto gosta! – exclamou Bel.

— Ah, valeu.

— Você está bem?

Miguel até pensou em contar para ela, mas, por mais que Bel gostasse dele, acharia que estava doido. *Melhor deixar assim, ao menos por enquanto*, pensou.

— Sim, estou. Vamos brincar.

Aos poucos Miguel se soltou novamente. Apenas Bel era capaz de produzir tal efeito nele. Miguel contava os minutos para a festa acabar e a madrugada chegar, para que pudesse retomar seu papo com Saragon.

2. Os Hackers de Mentes

A noite custou a chegar, mas finalmente lá estava Miguel diante de sua caixa. Rapidamente colocou o bracelete no braço. Não foi difícil até que conseguisse reiniciar a transmissão, manipulando a tela sensível ao toque do bracelete. E eis que, novamente, o pequeno disco expelido do bracelete lhe trazia Saragon.

— Dá pra diminuir essa luz? As pessoas vão ver! É madrugada aqui!

— Não é necessário – divertiu-se Saragon com sua ingenuidade quanto à tecnologia germinariana. – O ambiente está em modo invisível para terráqueos. Eles não podem perceber o que você chama de "luz"; na verdade, é um holograma biotecnológico.

— Ué, então por que você desativou o sistema quando a dinda chegou?

— Apenas para ela não te ver falando sozinho e nem o disco e a iluminação do bracelete; estes são visíveis ao olho humano.

— Ok – respondeu Miguel, meio envergonhado. – E o que sou eu?

— Bom, os terráqueos diriam que você é um extraterrestre com poderes sobrenaturais. Na verdade, seus poderes nada têm a ver com o sobrenatural, nem são mágicos ou fantasmagóricos. Tudo isso é apenas o resultado de capacidade cerebral e tecnologia avançadas. Tal como você, todos os germinarianos têm o dom da telepatia, por isso são capazes de interagir através da mente. Além de tecnologia muito mais avançada em comparação com o planeta Terra, temos um ritmo de aprendizado acelerado e possuímos capacidade analítica muito acima dos padrões.

— Nossa, que doido!

— Calma! Você é um germinariano! Deixe-me ver... como me fazer entender, com os conhecimentos limitados que lhe foram dados até agora na Terra? Deixe-me consultar as informações que obtive de sua memória cerebral da última vez. Ah, sim. Clara já te falou uma vez sobre nanotecnologia, lembra?

— Sim, ela disse que era uma tecnologia que mexia com pequenas pecinhas, minúsculas como os átomos.

— Exato. Um milímetro é igual a um milhão de nanos. As formas que você vê neste ambiente são compostas de uma junção de *attotecnologia*, a evolução natural da nanotecnologia (1 nano é igual a 1 bilhão de *attos*), inteligência artificial (que imita a capacidade humana), algoritmos hiperinteligentes de aprendizagem automática e algumas outras tecnologias ainda não compreensíveis aos terráqueos. Por isso elas podem projetar tanto a imagem que desejarmos como texturas, odores, sabores etc.

— Mesmo? – indagou Miguel, incrédulo.

— Mesmo! Vejamos... que cheiro sente?

— Perfume de flores.

— Imagine um objeto qualquer.

Eis que uma televisão se projetou no ar. Quase tão nítida quanto uma TV de verdade, mas com a textura de uma fina folha de papel luminosa. Subitamente deformou-se, feito um sorvete derretendo, e sumiu.

— O que houve?

— Sua imaginação ainda não está forte o suficiente para estabilizar e dar consistência às suas criações. Ainda que esteja sem o seu traje biônico, você deveria criar formas consistentes nesse ambiente emulado.

— Traje biônico?

— Isso mesmo. Todos os Agentes das Galáxias têm direito a um, ao se formarem na Academia. Eles têm um sistema gerador de energia muito mais potente que este aqui. Graças a isto, as formas por ele projetadas são muito mais consistentes, muito similares à rigidez e ao peso dos materiais reais.

— Ele pode criar qualquer coisa?

— Praticamente qualquer coisa. Digamos que é como se ele tivesse uma impressora multissensorial, capaz de projetar formas perceptíveis aos diversos sentidos, tais como olfato, tato, paladar, audição, visão e muitos outros, até agora desconhecidos pelos terráqueos.

— E esse traje tem raios laser, essas coisas?

— Digamos que sim, e muito mais. Ele te dará acesso ao seu *Scutus*. E antes que pergunte, deixe-me falar uma coisa – divertiu-se Saragon. – Poderes trazem consigo deveres, Miguel. É necessária muita responsabilidade, do contrário...

Subitamente, uma imagem se projeta no ar, como se fosse uma espécie de menu sensível ao toque de um *tablet*. Saragon toca em alguns menus até que um filme se projeta.

— Contemple, Miguel; imagens falam mais do que palavras. Por centenas de anos, enviamos nossos cidadãos aos diversos planetas, inclusive à Terra, para que fossem agentes da mudança. Graças a eles aprendemos muito dos hábitos e das culturas desses planetas. Porém, alguns deles caíram nas tentações locais e nas armadilhas montadas pelos nossos inimigos de Ruínas.

— Ruínas?

— É um planeta trevoso cujo principal objetivo é garantir a regressão intergaláctica. Os Ruínas são a escória do universo, monstros cruéis e deformados. Possuem inteligência e tecnologia superiores às da Terra, porém sua moral e conduta são muito inferiores. Travamos guerra constante interplanetária contra esses seres. Eles estão no meio de vocês.

— E como nunca os vi?

— Eles podem se camuflar passando-se por um terráqueo, quase que de forma imperceptível.

— E como reconhecê-los?

— Pelas suas ações. Mas há uma característica marcante, identificada apenas por germinarianos. Eles têm olhos de fogo, basta observar atentamente.

— E vocês não podem derrotá-los?

— Alguns de nossos agentes enviados à Terra denegriram sua moral e intelecto, cultivando vícios nocivos, e se deixaram manipular pelas ilusões da Terra, tais como o medo e a vaidade. São justamente essas falhas que são percebidas pelos Ruínas, através das quais realizam seus ataques mentais, que podem ser fatais. Você tem uma enorme vantagem, Miguel. Você não é adulto como os seus antecessores. Crianças como você são menos suscetíveis a tais armadilhas. Além disso, são capazes de improvisar, são questionadoras e criativas, o que possibilita aumentar o potencial de nossas tecnologias e armas.

— E os Ruínas têm armas?

— Sim, muitas. Suas armas exploram exatamente essas falhas morais, intelectuais e comportamentais que mencionei.

— Armas que exploram sentimentos? – indagou Miguel.

— É mais ou menos por aí! O universo é um grande sistema de radiofrequência, tal como as rádios que vocês escutam na Terra. Dependendo da estação na qual o seu rádio está sintonizado, ele recebe informações diferentes. Na Terra, vocês ainda estão preocupados com ataques terroristas com bomba, mas existe algo muito mais poderoso: ataques mentais. Eles são ministrados pelo que muitos terráqueos denominariam de **hackers de mentes**; na verdade, o termo correto seria *crackers* de mentes.

— Isso eu já aprendi com a dinda – gabou-se Miguel. –*Crackers* e *hackers* conhecem muito de tecnologia, mas *hackers* são do bem e *crackers*, do mal.

— Exatamente. Ambos são profundos conhecedores de tecnologias, mas enquanto os *hackers* identificam falhas e as corrigem para proteger os sistemas, os *crackers* identificam tais vulnerabilidades para promover crimes, a desordem e o caos. Os Ruínas são *crackers*, criminosos virtuais que agem no mercado negro, invadindo sistemas. Nós, Agentes da Galáxia, somos *hackers*. Por isso, você deverá possuir profundos conhecimentos tecnológicos.

Aquilo animou ainda mais Miguel. Afinal, ele amava tecnologia. Além de investigar e proteger, poderia ser um *hacker*!

Ignorando seus pensamentos, Saragon prosseguiu:

— Quer estejam conscientes disso ou não, a cada um dos terráqueos, e a demais seres de outros planetas em evolução, foi dada uma missão pelo Grande Criador do Universo, que visa sua evolução moral, intelectual e comportamental e a evolução do planeta que habita. O objetivo dos Ruínas é não deixá-los concluir tais missões. É estagnar o planeta, até que se transforme em uma total desordem e caos e, dessa forma, seja dominado por eles.

— Então os Ruínas conseguem invadir a nossa mente e fazer da gente seus escravos? – indagou Miguel, preocupado.

— Não exatamente, Miguel. Ninguém tem o poder de nos escravizar. Porém, eles podem confundir nosso corpo e nossa mente, tal como gerar enormes dores de cabeça ou "plantar" ideias nela. Nosso corpo é um grande sistema computacional. O cérebro e o comportamento das células são programáveis. Através de técnicas avançadas de biologia sintética, os Ruínas desenvolveram um vírus poderoso, composto de algoritmos biológicos e hipnóticos, capaz de influenciar as atitudes dos seres. Eles pretendem testá-lo na Terra em breve.

— Era por isso que meus pais biológicos estavam aqui?

— Exatamente. Eles estavam buscando impedir o desenvolvimento desse vírus, mas ele já deve estar em fase de testes agora. O vírus é facilmente contraído através das vias respiratórias. Uma vez que o seja humano contaminado, o vírus pode ficar incubado por algum tempo, sem produzir sintomas. Em outras palavras, o vírus é inofensivo se não for ativado. Sua ativação é feita através de um ataque cerebral. A partir daí, sua ação vai gradualmente destruindo as defesas do indivíduo atacado, tornando sua mente suscetível a manipulações externas. O vírus só é ativado se encontrar uma brecha contínua, tal como um ferimento não cicatrizado. Se vigiarmos continuamente nossos atos e pensamentos, somos imunes a seus sintomas, pois não daremos brechas que permitam sua ativação.

— Então, não há nada que a pessoa infectada possa fazer?

— Sim, há. Para ser ativado, além do ataque mental dos Ruínas, o vírus precisa de uma fonte de alimentação contínua de energia. Ele se alimenta das energias produzidas pelos sentimentos negativos dos indivíduos. Se a alimentação cessar, ele não se ativa. E, mesmo quando ativado, se a alimentação cessar, ele morre.

— Então, mesmo que seja ativado, basta a pessoa pensar positivo e está tudo bem, certo?

— Infelizmente não. Não é tão simples assim. Uma vez ativado, o vírus faz com que algumas pessoas tenham uma severa depressão. Elas passam a ver apenas o lado ruim das coisas e perdem a esperança de ter um futuro melhor, entregando-se ao medo e desistindo de viver. Em outras pessoas, o vírus aumenta o ódio e a intolerância que cultivam dentro delas, trazendo a desordem generalizada. O pior é que as pessoas vão propagando esses sentimentos umas às outras, inconscientemente, através de suas palavras, atos e pensamentos, o que faz com que os vírus sejam ativados em outras pessoas infectadas.

— Mas ele pode manipular as pessoas ou não?

— Como disse, ele permite que os Ruínas plantem ideias. O vírus não fabrica nenhum sentimento dentro das pessoas, apenas amplia o seu lado ruim.

— Então não basta plantar a ideia em nossa mente...

— Uma ideia pode ser plantada em sua mente, mas, tal como uma semente, precisa de ambiente próspero para germinar. Se seus pensamentos e ações sintonizarem você naquela frequência do mal pelo tempo necessário à sua germinação, o vírus será ativado. Daí, sua remoção é cada vez mais complicada, pois o vírus se alimenta dessas energias e fica cada vez mais forte.

— Pode dar um exemplo mais claro?

— Ok, usemos um exemplo prático da Terra. Imagine que você receba, por e-mail, uma mensagem pregando que saia por aí, destruindo tudo, com o objetivo de mudar a realidade do país, pois só a revolta com violência seria a solução. O e-mail é apenas uma isca, uma semente. Se você tem o ódio dentro de si, não apenas adere a causa, como passa a mensagem adiante, entendeu?

— Sim, agora sim.

— Mas a armadilha é ainda mais sutil. Se você é ávido por mudanças e não mede as consequências, você pode até não ter a coragem de sair por aí vandalizando, mas passa adiante a mensagem, expandindo a massificação da ativação do vírus em outras pessoas.

— Nossa, que sinistro!

— Isso é mais ou menos o que o vírus faz. Se você está entristecido e desgostoso da vida, você se desequilibra emocionalmente. Aproveitando essa fraqueza, os Ruínas ou as pessoas contaminadas te enviam mensagens, em forma de palavras, pensamentos e ações, pregando o ódio, a vitimização, o desespero, a entrega e o isolamento. As mensagens podem ainda ser enviadas de outras formas como, por exemplo, através de pesadelos.

— E o que devemos fazer? – perguntou Miguel, desolado.

— Devemos agir na prevenção. Ainda não temos a cura definitiva para esse vírus, mas temos uma vacina. Pensamentos, palavras e atos positivos que reflitam a felicidade, a força de vontade, a autoconfiança, a autoestima etc. formam uma vacina natural. Precisamos ainda curar os infectados e cessar sua ativação em massa. Finalmente, precisamos destruir as bases dos Ruínas imediatamente, enquanto o vírus ainda está em teste, para impedir a propagação do vírus na Terra e o desenvolvimento de outras armas, tais como ativações em massa do vírus através de uma grande antena, como já foi reportado que eles estariam tentando fazer. Pelas minhas contas, temos menos de um ano para agir!

— Então, nosso fim está próximo!

— Só se nada for feito a respeito! Infelizmente, não podemos enviar novos agentes à Terra, não sem o *kit* de teletransporte estar acionado do lado daí. Acredito que ele tenha sido desativado.

— Quem o desativou?

— Acho que... bom, pouco importa. O fato é que demoraria centenas de anos para enviar agentes à Terra com outro *kit*, o que seria tarde demais. A essa altura, eles já devem saber, em Germinare, que a missão de seus pais fracassou e que o *kit* foi desligado, mas nada podem fazer a respeito.

— Mas vocês não têm outro *kit* de teletransporte?

— Quem dera fosse assim tão simples. Além de um de nossos melhores guerreiros, seu pai foi um grande cientista. Graças a ele, as viagens à Terra, que antes levavam centenas de anos, agora podem ser feitas em segundos. Porém, para realizarmos o teletransporte, precisamos de um emissor e um receptor. Em outras palavras, precisamos acionar o *kit* de teletransporte do lado daí ao mesmo tempo que acionamos o sistema do lado de cá; do contrário, não há como gerar a energia necessária. O sistema do lado de cá está sendo constantemente acionado para possibilitar teletransportes contínuos no universo, e o daí também ficava, mas não está mais. Precisamos reativá-lo.

— Eu quero ajudar. Me treine!

— Mas você é apenas uma criança, Miguel.

— Mas não foi você mesma quem disse que, por ser criança, tenho várias vantagens em relação aos adultos?

Não havia nada no seu banco de dados que lhe permitisse responder a essa pergunta. Pela primeira vez o sistema que geria o holograma de Saragon ficou confuso. O que fazer?

— Você não está ciente dos perigos que o aguardam. Hoje você está protegido, pois os Ruínas não sabem de sua existência. No entanto, ao entrar na caverna, você será percebido por eles. Além do mais, você teria que se dedicar muito e aprender rápido; e há muito a aprender. Você teria que desenvolver sua força de vontade, para não desistir; sua estratégia, para ter êxito; e sua criatividade, para usar nossas armas assim que tiver acesso a elas, ao recuperar o traje biônico na caverna. E ainda teria que aprender a manipular nossa tecnologia. Você precisaria de uma motivação ímpar para não falhar...

— Se eu não for, perderei tudo o que tenho: minha mãe, Clara e Bel. Não acha que é motivação suficiente? - disse Miguel com os olhos marejados.

Pela primeira vez o sistema entrou em pane. Na dúvida, disse:

— Você não sabe sequer manipular seu *Scutus*, caso seja atacado.

— *Scutus*? - indagou Miguel.

— Bom, é mais fácil mostrar do que explicar!

Subitamente, aparece na sala um ser enorme. Uma mutação de homem e leão, com um grande machado em uma das mãos com lâmina nos dois lados, um escudo na outra e vestindo uma armadura medieval de combate. Sem ligar para o espanto de Miguel, Saragon prosseguiu.

— Miguel, conheça Leônidas, seu *Scutus*. Junto a eles, travamos constantes batalhas com os Ruínas, que também possuem seres similares. Nós os controlamos através de nossa mente. Eles possuem habilidades extraordinárias. Seus poderes e armas são conquistados ao longo do tempo, através de nossos feitos pessoais. São guerreiros destemidos e prontos a defender o universo.

— E por que meu *Scutus* tem essa forma?

— Pergunte a si mesmo; foi você quem o criou. Essa é a forma projetada pela sua mente de um guerreiro fiel e invencível.

— Nossa, olhando bem, é o personagem que criei em minhas histórias em quadrinhos!

— Todos nós, geminarianos, temos ao menos um *Scutus*. Ele é o nosso guardião pessoal. Sua forma é definida pela nossa mente e podemos evocá-lo e interagir com ele quando estamos dotados de um traje biônico, ou quando estamos em um ambiente impregnado pelo material que o compõe, como esta sala, agora. Quando nascemos, um *Scutus* é atribuído a cada um de nós. Ao longo da vida, através de nossas conquistas, adquirimos mais *Scutus*, que formam nosso exército pessoal, e aprimoramos suas habilidades e poderes. Para interagir com eles, é necessário treinamento exaustivo, desenvolvimento cerebral adequado, fé inabalável em si mesmo e muita criatividade. Para conseguirmos a vitória, precisamos ainda comandá-lo com estratégia e liderança. Ele é um soldado e precisa de um líder, de um Agente das Galáxias.

— Então eu me tornarei um Agente das Galáxias!

— Ainda que seja um germinariano, não está imune ao vírus dos Ruínas – porém, os *Scutus* servem também como uma espécie de antivírus cerebral. Por outro lado, sua destruição implica no fim de nossa imunidade mental, o que pode nos destruir. Eles são como irmãos siameses e são tão poderosos quanto nossa força de vontade, criatividade, moral, conduta e intelecto permitirem. Eles se alimentam de nossas alegrias, virtudes e conquistas, mas se debilitam com nossas transgressões à lei do universo e nossas fraquezas, tais como o medo, a covardia e a apatia. Mesmo sem saber, estamos em constante comunicação com nossos *Scutus*, que nos avisam dos perigos e tentam "sintonizar" nossos pensamentos na frequência do bem e conduzir nossas ações rumo às virtudes; só que nem sempre o ouvimos.

— E como podemos salvar as outras pessoas?

— Podemos usar os *Scutus* para transmitir pensamentos positivos às pessoas, para fortalecê-las e desativar o vírus dentro delas. Mas, para isso, é necessário que as pessoas se conectem à nossa frequência. Para tal, você deve ajudar seu *Scutus*, propagando pensamentos, palavras e comportamentos positivos às pessoas, convencendo-as a se deixarem ser ajudadas. Se elas não quiserem, não há nada o que se possa fazer. Como um agente, é preciso que você se infiltre e ajude a mudar o pensamento e a atitude das pessoas.

— Ok. E quando começo? Há muito trabalho a fazer, não?

— Sim, há! Amanhã mesmo começaremos. Essa plataforma conta com um sistema avançado de treinamento da Academia que foi especificamente desenhado para treinar germinarianos em missão em outros planetas. Aqui você terá aulas teóricas e práticas através de simuladores e emuladores. Você aprenderá a pensar, agir e lutar como um Agente das Galáxias. Agora durma e descanse. Esteja pronto, pois não será fácil!

— Só uma última pergunta. Quando nos encontramos da última vez, você ia falar sobre esse negócio aqui, lembra? – disse Miguel, mostrando-lhe o objeto que parecia um cartão de acesso, que achou dentro da caixinha de madeira, juntamente com o bracelete e demais acessórios.

— Sim, é verdade. Temia que perguntasse sobre isso. Não sei se é um bom momento para falarmos disso, Miguel.

— Por quê?

— Porque... bom, isso é um porta-memórias. Para ser mais precisa, este é o porta-memórias de sua mãe.

— E o que tem de estranho nisso? Você não leu as minhas? Devem poder ler a de todos, não?

— Sim, podemos, mas isso é diferente. É um procedimento que raramente usamos. Ele não serve para copiar memórias, mas para extraí-las de forma ultraconfidencial e usar como prova em casos de julgamento.

— Então meus pais devem ter achado algo sobre os Ruínas que querem que vocês saibam!

— Não, Miguel. Isso é muito mais sério. No procedimento, as memórias do cidadão germinariano são apagadas de sua mente, para que nenhum outro germinariano possa acessá-las. É como se fosse um envelope lacrado, que só pode ser aberto por nossas autoridades do Conselho de Justiça.

— Você não pode ler?

— Sim, em conjunto com outros membros do Conselho, mas apenas pessoalmente, não em forma de holograma.

— Mas ainda não entendi o que isso tem de estranho?

— É que esse foi o procedimento usado anos atrás para... vamos fazer o seguinte: descanse. Você precisa saber disso, mas não é o momento.

Você tem muito trabalho pela frente. Se concluir o treinamento com sucesso, te explicarei minha suspeita antes que parta em missão, em busca do *kit* de teletransporte. Ok?

— Pode ao menos me dizer o nome de meus pais?

Miguel estava tão nervoso que nem lembrara antes de perguntar.

— Sim, seu pai se chama Lúcius e sua mãe, Estelar.

Miguel apenas concordou com a cabeça, apesar de ter ficado curioso, até porque Saragon parecia bastante preocupada. Mas sua ansiedade para começar seu treinamento e para conhecer melhor seu *Scutus* eram muito superiores à sua curiosidade. Que aventuras o aguardariam?

— Agora, vá dormir. Descanse.

Como um agente, ele prestou continência, como já tinha visto em filmes e respondeu:

— Sim, senhora!

— Ótimo, Miguel. Agora deite-se na cama, pois preciso recarregar suas energias.

Ele se deitou e ficou esperando por algo mágico como luzes energéticas que o recarregariam, mas não foi isso que ocorreu. Saragon estava certa de que Miguel mentira quando disse que dormiria. Como dormir em meio a tamanha ansiedade? Mas ele precisava descansar, a melhor maneira de repor suas energias. Por isso, sem que ele sequer percebesse, ela o fez dormir instantaneamente, através de uma das armas que, em breve, Miguel aprenderia a manipular.

— Durma bem, meu menino. E boa sorte, pois vai precisar; na verdade, mais do que você imagina. Sistema, desativar!

Miguel não imaginava o que o aguardava. Saragon não estava apenas preocupada com a caverna. O porta-memórias indicava um segredo guardado que ela não queria acreditar...

3. A Academia Germinariana e o Traje Biônico

Miguel tivera uma noite de sono como nunca! Se não fosse sua mãe, teria perdido a hora da escola. Além dos livros habituais, tratou de levar seu bracelete para a escola. Decidiu usá-lo e dizer a todos que era apenas um brinquedo que ganhou de aniversário. Se até sua dinda tinha caído naquela conversa, convencer seus amigos não seria difícil.

A hora passou voando na escola, enquanto Miguel arquitetava um plano para assistir às aulas de Saragon. Assim que saiu da escola, Miguel correu para a ONG; precisava conversar com Clara o quanto antes. Lá chegando, tratou de colocar seu plano em prática.

Na ONG havia vários laboratórios de informática que eram regularmente utilizados para as aulas, mas havia um em especial que muito interessava Miguel. Era uma salinha pequena onde, no início da ONG, funcionava a tesouraria. Depois passou a ser utilizada pelos profissionais da escola para fazer manutenção nos computadores. Ao contrário das outras salas, que eram envidraçadas, essa daria a Miguel a privacidade necessária. Além disso, era à prova de som e contava com segurança reforçada, pois tinha tranca elétrica, controlada por dentro, e controle de acesso por câmera; resquícios de sua utilização anterior. Miguel teria total controle sobre o acesso à sala; ele havia planejado tudo tintim por tintim.

Sob o pretexto de que precisava de um minilaboratório para programar as plaquinhas eletrônicas dadas por Clara, convenceu-a de que aquele espaço seria o ideal. Ele precisava de concentração, por isso queria usar o local após o fim do expediente da ONG, às 16h. Após esse horário, apenas Clara e a senhora da limpeza ficavam no local até umas 19h, quando as atividades eram totalmente encerradas. Clara não desconfiou de nada, nem mesmo quando Miguel insistiu em começar naquele dia mesmo. Achou que era ansiedade normal de criança. Clara concordou, contanto que ela mesma deixasse Miguel em casa todos os dias, ao sair das aulas. Após uma curta conversa dela com sua mãe por telefone, estava tudo acertado.

Custou, mas chegou a tão esperada hora. Miguel quase expulsou os alunos retardatários da sala. Poucos minutos antes das 16h, lá estava Miguel trancado. O pequeno disco que flutuava no ar indicava que sua primeira aula estava prestes a começar.

— Olá, Miguel! Ainda disposto a se tornar um agente?

— Claro, não vejo a hora!

— Pois bem, comecemos seu treinamento.

Após um comando de Saragon, eis que uma grande tela sensível ao toque novamente se projeta no ar. Toque após toque, ela vai intercalando entre as diversas funções e inicia uma demonstração.

— Esta é a plataforma de ensino da Academia, da qual falei superficialmente. Além deste holograma que te fala, temos alguns outros recursos que facilitarão o seu aprendizado.

Após alguns comandos, a estrutura da sala modifica-se totalmente e se transforma em uma espécie de videogame gigante.

— Esse é o nosso ambiente de simulação de habilidades. Ao final de cada lição aprendida, é aqui que você praticará para desenvolver suas habilidades. Ele foi propositalmente desenhado como um jogo de videogame, para que você interaja naturalmente com ele e aprenda se divertindo.

— Me divertindo? Gostei!

— Exato, Miguel! Apesar de levarmos tudo a sério, você verá que se divertir constantemente, aprendendo da forma como você gosta, é essencial para garantir que todo o seu potencial seja explorado durante a formação. A diversão constante estimula o aprendizado.

Jogos e mais jogos passavam diante dos olhos brilhantes de Miguel. Um videogame gigante – era tudo o que ele queria! Diferente de sua escola, sempre chata e repetitiva, aquele era um ambiente legal.

— O segredo disso tudo é simples: criança deve aprender como criança, brincando, se divertindo, com liberdade e a seu próprio ritmo.

Coisas engraçadas, por exemplo, são muito mais fáceis de serem fixadas. Aprendemos através de tudo o que fazemos, se estivermos interessados.

Após outro toque de Saragon, uma arena gigante se forma. Parecia o coliseu romano, que tinha visto em uma de suas viagens pelo mundo, na internet.

— Este ambiente simula a Arena, o ambiente que criamos em nossas batalhas. Atraímos nossos adversários para cá porque aqui contamos com inúmeras armas, que usamos a nosso favor. Nele você aprenderá a interagir com seu *Scutus* e com as poderosas características do ambiente tecnológico que o cerca. Você terá a sensação de estar em verdadeiras batalhas com os Ruínas, quando terá a oportunidade de praticar e se entrosar com Leônidas, seu *Scutus*. Tal como no ambiente anterior, você praticará exaustivamente nesse ambiente para aperfeiçoar suas habilidades.

— Que legal!

— Lembre-se: tudo aquilo que aprender aqui você terá que pôr em prática na Terra. Afinal, apenas tornando-se um vencedor, um cidadão e um profissional de sucesso você propagará, através do exemplo, a imunidade ao vírus dos Ruínas, mudando gradativamente os pensamentos, as palavras e os comportamentos das pessoas na Terra.

— Em Germinare vocês sempre aprenderam assim?

— Não, nem sempre. Começamos há algumas centenas de anos. Iniciamos pelo ambiente da Academia na formação dos nossos agentes desde criança, em paralelo com o ensino que têm nas escolas tradicionais. Depois, até mesmo as escolas tradicionais adotaram uma plataforma similar. Deixe-me explicar melhor.

Um filme começa a ser projetado.

— Esse é o nosso povo, Miguel, anos atrás, quando nosso planeta tinha nível de evolução similar ao da Terra. Nessa época, percebemos que, apesar de um nível intelectual adequado, nossa população estava desenvolvendo um nível comportamental equivocado. As pessoas estavam se acomodando, deixando-se levar pela vida, além de terem desenvolvido vícios terríveis como a preguiça, o egoísmo e a fraqueza. Levavam uma vida desregrada, de excessos, e esperavam sempre que alguém fizesse por elas suas obrigações. Sem que percebêssemos, a prática começou a se distanciar da teoria; apesar da tecnologia que avançava a passos largos, começamos a regredir como cidadãos, em vez de evoluir. Foi quando nossos cientistas descobriram que tudo isso era parte de um plano bem arquitetado dos Ruínas. Era preciso mudar desde a origem: precisávamos formar uma nova civilização, sem esses vícios nocivos, por isso resolvemos começar pelas crianças. Era preciso substituir o ciclo vicioso em que estávamos inseridos por um ciclo virtuoso. Vícios deveriam dar lugar a virtudes.

Saragon desenhou uma figura geométrica no ar, com nove lados, um eneagrama.

— Com o que se parece essa figura, Miguel?

— Com um escudo.

— Exatamente. Um escudo de nove lados, carregado por nosso *Scutus*, para nos defender dos Ruínas. Ele foi criado durante uma reunião dos anciãos para nos defender de nossos inimigos e das trevas e dos vícios que se projetam de nós mesmos. Cada lado simboliza uma das nove características que gostaríamos que nosso povo desenvolvesse, para que formássemos cidadãos vencedores e retomássemos nosso ciclo natural de evolução.

— Por isso o nome I9?

— Exatamente, Miguel, por causa dos nove princípios. Além disso, a letra "I" representa os indivíduos germinarianos e o número 9, seus respectivos *Scutus*.

— E por que mentor?

— Quando criamos a Academia, decidimos que o seu ensino seria complementar à escola tradicional germinariana. As aulas precisavam ser ministradas por mentores, capazes não apenas de ensinar, mas de dar o exemplo dos comportamentos defendidos. Mentores são também essenciais para garantir que cada um aprenda no seu próprio ritmo.

— Legal.

— Você terá acesso a um ambiente criativo, onde se divertirá ao aprender e poderá colocar em prática seu aprendizado continuamente. Para se tornar um Agente das Galáxias, terá que desenvolver cada uma dessas nove características.

— E quais são essas características?

— Por ora, não se preocupe com elas, Miguel. Você desenvolverá cada uma a seu tempo, naturalmente, praticando. Falarei apenas a primeira delas: a **felicidade**. Essa é a primeira lição que você deve aprender, Miguel. Buscar ser feliz constantemente!

— Isso é fácil!

— Que bom que ainda pensa assim! Os adultos costumam adiar a felicidade. Ainda bem que você não foi contaminado... e que tal um pouco de ação agora, Miguel?

— Claro!

— Toque no seu bracelete e chame Leônidas com a mente!

Subitamente, apareceu seu *Scutus* à sua frente, emitindo um forte rugido, pronto para lutar.

— Agora vamos aprender algumas técnicas de ataque e de defesa. Para isso, você terá que aprender uma outra característica, além da felicidade: a **inovação**. Você sabe o que é inovação?

— Criar coisas novas?

— Exatamente! A inovação é a criatividade aplicada. Primeiramente, precisamos ser criativos, mas não adianta sermos só criativos se não fizermos nada de útil com tal criatividade, por isso precisamos aplicá-la, criar!

— Legal, eu amo criar!

— Então não terá dificuldade. Vamos ver como anda sua imaginação. O machado de Leônidas permite criar formas novas na Arena, mas, para isso, você precisa primeiramente criar a forma na sua mente. Entendeu?

— Sim, isso é fácil!

— Ok, vamos ver se é fácil mesmo. Quero que visualize um cubo em sua mente e diga a seu *Scutus* para criá-lo.

Subitamente, Leônidas projeta seu machado para frente e um objeto deformado é projetado no ar, ora parecendo um círculo, ora um cubo, ora um sorvete derretido.

— Por que isso está acontecendo? – indagou Miguel.

— Porque você não está conseguindo usar sua imaginação. Concentre-se!

Aos poucos, um cubo branco se forma e se sustenta no ar.

— Ótimo. Agora, quero que você coloque uma figura na frente do cubo e outra, diferente, no lado oposto.

Lentamente, forma-se na parte da frente do cubo a imagem de uma espada, que fica cada vez mais nítida.

— Agora gire o cubo.

O cubo desaparece. Sob o olhar atento de Saragon, ele projeta novamente o objeto e o faz girar, até que uma imagem deformada aparece. Tenta uma vez, duas, três vezes, e nada.

— Desisto! – diz Miguel, impaciente. Não nasci para isso!

— Fácil, não? Desistir...

Sob o olhar derrotado de Miguel, Saragon prossegue:

— Ok. Vamos deixar para lá! Pena que sua covardia vá causar tantos impactos naqueles que ama. Jamais seria um verdadeiro germinariano mesmo...

Aquelas palavras incendiaram Miguel. Ele tentou uma vez, duas, dez, até que finalmente conseguiu! O cubo girava no ar alternando a imagem de uma espada e a de um escudo.

— Jamais torne a dizer tais palavras, germinariano: nós nunca desistimos! Todo germinariano é um protagonista. Esta é a terceira característica que deve desenvolver: o **protagonismo**. Protagonistas jamais se queixam da vida, jamais portam-se como vítimas, eles fazem acontecer! Sem se entregar diante das barreiras, sem jamais desistir! Algumas das principais qualidades de um protagonista são sua dedicação, persistência, força de vontade e autoestima. Somos seres ilimitados, podemos qualquer coisa, basta acreditarmos. É você quem cria as suas próprias barreiras e limites, mais ninguém!

Subitamente, um enorme besouro se projetou na tela.

— Observe, germinariano. Como esse inseto consegue voar, superando a lógica, com asas tão finas? Alguns dizem que este feito é contrário até mesmo à lei da aerodinâmica. Como ele consegue? Os cientistas dizem que é porque ele possui algumas características particulares, como uma musculatura muito desenvolvida. Eu digo que há uma razão maior: porque ele não conhecia a nossa lógica e nem as nossas leis!

— Hã?

— Ele não sabia que, segundo a nossa lógica e nossa lei, não teria como voar. Ele simplesmente voa. Aquele que desconhece seus limites pode qualquer coisa! É a mania de colocar dificuldade em tudo, o comodismo e a preguiça que impedem as pessoas de vencer! Outra coisa: ele desenvolveu musculatura. E como é que se desenvolvem músculos? Quando nos acomodamos?

— Não, fazendo exercícios.

— Sim, praticando exaustivamente. Só assim desenvolvemos nossas habilidades. Entendeu, Miguel?

— Mas é tão ruim errar...

— Ora, só erra quem tem a coragem de tentar, Miguel! Os acomodados jamais erram, mas também jamais acertam. É preciso aprender sempre e aplicar nosso aprendizado para evoluirmos.

— Mas então por que nenhum ser humano pode voar? – retrucou Miguel.

— E quanto aos aviões e helicópteros? É preciso inovar, ser criativo. O fato de não ter nascido com asas não foi um limitador, foi? Ele poderia fazer de um jeito diferente. E, por falar nisso, por que o avião e o helicóptero são capazes de voar?

— Não sei...

— Quero que pesquise e me diga no próximo encontro. É preciso aprender a lógica das coisas para as entendermos de verdade. A curiosidade precisa ser umas das suas virtudes. Além disso, precisamos dela para aprender a criar e a improvisar. O improviso e a criatividade são suas principais armas contra os Ruínas. Se não temos uma pá significa que não podemos cavar?

— Não, há várias outras formas...

— Exato, assim como há várias maneiras de aprender. Aqui você aprenderá colocando a mão na massa. Pesquisando, interpretando e aplicando tudo o que aprende, seja na Arena, seja na sua vida na Terra. Um dia, todos na Terra aprenderão isso, antes mesmo do que se imagina.

— É mesmo?

— Sim, a lei do universo nunca falha: tudo evolui constantemente. Nos próximos anos, novas profissões e necessidades surgirão na Terra, forçando seus cidadãos a se adaptar. O tema inovação entrará em evidência. Quem não se adaptar ficará para trás. Novos tempos surgirão, Miguel, e você estará não apenas preparado, como será responsável por mostrar às pessoas que é possível vencer implementando nelas a vacina natural contra os ataques dos Ruínas.

— Mas como aplicar tudo isso na Arena?

— A inovação é uma das principais técnicas de ataque e defesa da Arena. Quando estamos felizes, exercemos nossa criatividade naturalmente. Seu *Scutus* pode criar qualquer coisa, desde que você aprenda a materializar em sua mente. São esses objetos que você usará em suas batalhas. O poder dessas formas será sempre proporcional à sua força de vontade e determinação, que só os protagonistas têm. Portanto, um Agente das Galáxias precisa ser feliz, criativo e protagonista para poder se defender, atacar e lidar com as armadilhas dos Ruínas – afinal, ele ataca suas fraquezas, tais como o medo, a covardia e a apatia, lembra? Vamos continuar?

— Sim!

— Crie um martelo laser, por favor!

— O quê?

— Um martelo laser. Não conhece?

— Não.

— Pois é, por isso você precisa criar, pois não existe. É justamente sua criatividade que será capaz de surpreender os Ruínas. Eles já sabem lidar com objetos comuns, após tantas e tantas batalhas contra nossos agentes, não acha? É preciso se antecipar ao seu oponente, surpreender.

Após tentar por alguns minutos, Miguel se entristece.

— Não fique assim, Miguel. Precisa aprender a lidar com suas frustrações. Agora respire fundo, lentamente, acalme-se. Concentre-se. Pense em coisas boas. Perdoe-se, ninguém precisa saber tudo de uma hora para outra. Estamos aqui para aprender.

— Mas preciso aprender rápido, do contrário...

— Calma, sem pressa. A ansiedade é sua inimiga. Confie em mim, você aprenderá a tempo. Sabe por que você não consegue imaginar coisas diferentes?

— Não.

— Porque se acostumou demais aos padrões do mundo. Mas não é culpa sua. São os pais, professores e outras pessoas que, mesmo sem ter a intenção, tolhem a criatividade das crianças. Se uma criança desenha uma vaca da qual se pode extrair leite achocolatado, será imediatamente reprimida; assim sua criatividade, que se aflorava, vai sendo destruída. Para não passar vergonha frente ao ceticismo exagerado dos adultos, a criança se reprime e passa a não mais se expressar com criatividade.

— Então regras não são importantes?

— Regras são muito importantes! Crianças precisam de limites, precisam aprender a respeitar o próximo, saber o que é certo e errado e demais ensinamentos que os tornem cidadãos aptos a viver em sociedade. Porém, isso pode ser feito sem lhes tirar o seu potencial criativo, sua autonomia, independência, individualidade e identidade. Ademais, além da teoria, a criança deve lidar com a prática. São as experiências, os acertos e os erros, o fazer acontecer, que lhes garantirão o amadurecimento.

— Entendi.

— A sede por novidades é intrínseca às crianças, que buscam descobrir coisas novas constantemente. Cobranças excessivas, excessos de racionalidade e de limitações, vão matando a criatividade das crianças na sua transição para a idade adulta. Vencem na vida e são mais felizes aquelas crianças que não deixam sua criatividade morrer ao se tornar adultas.

— Então sou mais criativo que um adulto?

— Crianças não têm traumas, não estão preocupadas com a opinião alheia, não têm bloqueios, não conhecem o impossível, não têm preconceitos, adoram transformar as coisas, desconhecem seus limites, não estão presas a modelos e protocolos, não temem errar. Além disso, se deixarmos, se divertem com tudo o que fazem e têm maior aptidão para correr riscos e tomar decisões rápidas. Se deixarmos a criança ser criança, seu potencial é maior do que o de um adulto.

— Legal!

— Qual a maneira certa de dançar?

— Não sei! Depende do tipo de música, não?

— Não sabe porque não há. Música é liberdade, porém alguém convencionou uma maneira para cada ritmo. Quanto mais novinhas, mais soltas são as crianças ao dançar. Ao ficarem mais velhas, vão ficando presas.

— Temem pagar mico!

— Exato. Esqueça temporariamente os modelos e padrões impostos, deixando sua mente viajar. É preciso ampliar os horizontes. Vamos fazer uma brincadeira, ok? Eu falo uma palavra e você diz o que vem à sua mente: macaco.

— Banana, selva, rabo, barulho.

— Por que não pensou em outras coisas, tal como o "macaco" que usamos para trocar o pneu do carro ou a cumbuca, onde macaco velho não põe a mão, segundo o ditado popular?

— Porque só imaginei o animal.

— Exatamente, você se limitou. Pense fora da "caixinha"!

— O que é cumbuca?

— Pesquise! Use seus dedos. Faça um quadrado no ar e imagine que está conectado à internet.

— Consegui! Legal!

— Agora basta digitar!

— É um vasinho.

— Será que é a isso que o ditado se referia? Por que o macaco colocaria sua mão em um vaso?

— Pois é, vou pesquisar melhor... achei! É uma árvore cujo fruto tem a forma de um vasinho, uma cumbuca. Dentro delas têm sementes, mas quando os macacos tentam apanhá-las, ficam com a mão presa e só conseguem tirar a mão quando soltam a semente. Que legal!

— Precisamos fugir dos padrões, pois nem sempre suas origens continuam a se aplicar nos dias de hoje. O certo de ontem pode ser o errado de hoje; a verdade atual pode não ser amanhã. O mundo evolui.

— Mesmo? Mas verdade é sempre verdade, não?

— Antigamente muitos cientistas da Terra defendiam que tomar banho fazia mal à saúde, pois tirava as defesas da pele humana; banho tinha que ser evitado. Esse mito perdurou por anos. E aí, que tal todos sem tomar banho, hoje em dia?

— Seria uma imundice, hehehe.

— Devemos sempre questionar padrões e imposições, Miguel. Vejamos outro exemplo engraçado da Terra: dizem que os bumbuns dos cavalos determinaram a largura das linhas de trem de hoje em dia. A largura da linha de trem veio da distância das rodas das carroças, pois o fabricante dos trens e dos vagões eram o mesmo. Tal largura é a mesma das estradas do antigo império romano, que era proveniente das ferramentas que usavam para abri-las. Essas ferramentas eram puxadas por cavalos; por isso, sua largura tinha que ser compatível com a traseira deles!

Miguel não resistiu e riu muito, ficando mais à vontade.

— Por hoje é só. Agora pratique tudo o que aprendemos. Quero que pratique aqui e em casa. É hora de criar "musculatura cerebral". Para isso, você vai usar esse simulador aqui.

Um grande paredão aparece cheio de buracos, com formas diferentes.

— Seu trabalho será criar objetos com a mente e fechar os buracos. A cada fase, mais rapidamente surgirão os buracos a ser preenchidos, logo, mais rápido deverá construir suas formas. Além disso, mais complexos serão os formatos dos buracos, que também variarão em cores, tamanhos, profundidade e ângulo. Deverá ainda manipular tais imagens para prosseguir. Por exemplo, você terá que criar chaves que se encaixem em determinadas fechaduras e girá-las para abrir as portas. Boa sorte!

— E como te chamo?

— Não chamará. Agora, cabe a você vencer esse desafio; voltarei automaticamente assim que você "zerar" esse jogo! O **autodesenvolvimento** é a quarta característica do escudo germinariano; na verdade, o autodesenvolvimento meritocrático. Você deve se tornar um ser independente, pronto para superar seus limites e os desafios que se projetam em seu destino.

— O que quer dizer meritocrático?

— Tudo o que conquistamos nessa vida, com dignidade, devemos fazer por merecer. Você precisa se esforçar e merecer se tornar um agente. Só evoluímos por mérito: essa é a lei da meritocracia. E tem algo mais, Miguel.

— Ainda tem mais coisa?

— Sim! Na última vez em que li suas memórias, verifiquei que há algo que você quer muito fazer, mas não consegue.

— Sim, aprender a surfar...

— Pois é, só voltarei quando iniciar tal aprendizado. Para isso, você terá outras professoras, que aceitarão de bom grado a tarefa de ajudá-lo: Clara e Bel. Mãos à obra!

— Puxa, mas já acabou? Eu nem lutei!

— Como lutar sem saber usar as armas? Acalme-se, pois muita aventura o aguarda. Assim que superar esses desafios, terá a sua primeira luta na Arena.

4. Exercendo a Felicidade, a Força de Vontade e a Criatividade

Nossa, a aula foi mais intensa do que Miguel esperava, mas foi divertida. Ele estava muito feliz, mas agora precisava se concentrar nas lições de casa. Ao chegar, como de costume, abraçou sua mãe e se pôs à mesa para jantar. Ao deparar com a sopa rala que, exceto pelo seu aniversário, vinha comendo desde a semana anterior, ingenuamente comentou:

— Mamãe, não quero mais essa sopa, enjoei. Estou tão feliz, queria um prato especial! Faz aquele bife com batata frita que adoro?

Teve uma surpresa, porém, ao encarar os olhos marejados de sua mãe. Sem coragem de perguntar, passou a imaginar: *será que o Zé voltou? Será que fiz algo errado que a magoou?* Sua reflexão foi interrompida pela voz baixa de sua mãe, que segurava o próprio pranto.

— Filho, tenho feito o máximo para te poupar, mas... desde que o Zé se foi, está sendo muito difícil manter a casa. As economias que ele deixou estão no fim, tenho até feito umas coisas, mas... olha, mamãe vai dar um jeito, não se preocupe! Só preciso que compreenda e me ajude nessa fase, que vai passar... essa sopinha, no momento, é tudo o que a mamãe pode preparar.

Miguel ficou pensativo. Jamais achou que o sumiço de Zé provocasse um efeito colateral. É verdade que, ao menos comida, Zé Garoa nunca deixava faltar. E lá estava ele diante de sua mãe desanimada, que não parecia mais ter forças para lutar. Em meio a sua ingenuidade, ousou perguntar:

— E por que você não trabalha, mamãe?

— Você não entenderia, filho...

— Por que não?

— Na minha idade é mais difícil arranjar emprego. Além disso, não sei fazer nada.

— Não é verdade, você sabe cuidar da casa!

— Sim, tenho feito um trabalho ou outro, limpando casas de outras pessoas, mas não tenho tido muita sorte...

Sem mais nada dizer, Miguel tratou de tomar sua sopa. Sabia que nada que dissesse naquele momento ajudaria. Acabando de jantar, deu um beijo em sua mãe e foi para o seu quarto.

Miguel refletiu. Queria ajudar, mas como? Lembrou-se do que Saragon havia dito sobre a felicidade; sem ela não teria ideias. Tratou de tentar pensar em coisas boas e pegou no sono sem que percebesse.

Ao acordar, no dia seguinte, notou que sua mãe havia saído. Ela deveria estar procurando emprego. Estava confiante de que teria uma ideia que ajudaria sua mãe – afinal, crianças como ele eram melhores nessa arte, segundo Saragon. Sim, com certeza ele pensaria em algo.

A manhã passou voando. Como sempre, Miguel encontrou Bel para almoçar na ONG. A mãe de Bel sempre a buscava na escola e ela passava a tarde na ONG. Ontem ele tinha ficado tão agitado que nem tinha dado bola para a amiga. Tratou de se desculpar. Ela estava curiosa sobre sua empreitada, à porta fechada, na sala, mas, percebendo-o desconversar, tratou de respeitar.

— Bel, queria te pedir uma coisa – disse Miguel.

— Claro!

— Assim... você me ensina a surfar?

— Ué, você não tinha desistido? Toda vez que tentamos, depois de uns caldos você fica lá, todo "cabreiro", parado feito uma "boia"!

— É, mas agora eu quero tentar.

— Está falando isso, mas já sei que, na hora, você vai pipocar, como sempre! Só vou tentar de novo porque sou sua amiga!

— É o que veremos!

Bel riu incrédula e se divertiu contando a novidade à sua mãe, que a repreendeu, sem muito sucesso, dizendo que precisava incentivar Miguel. Por mais que gostasse dele, não perderia a oportunidade de zoá-lo; ele sempre se gabava feito um sabe-tudo... agora era sua revanche.

Miguel não ligou para as brincadeiras de Bel. Estava convencido de que seria diferente dessa vez. Tratou de se trancar na sala e praticar no simulador.

No início foi difícil. Ele mal conseguia manter uma imagem criada. Aos poucos foi conseguindo preencher as lacunas do paredão à sua frente com suas formas. A cada nível que passava, uma comemoração! Como estava feliz por estar conseguindo. E assim permaneceu, dia após dia, a semana inteirinha. Cada vez mais o nível de dificuldade aumentava; aquele jogo parecia não ter fim. Mas ele estava se divertindo! Aos poucos, sua ansiedade dava lugar ao orgulho de estar conseguindo vencer aquelas barreiras, que pouco tempo antes pareciam intransponíveis.

Ao chegar em casa, diariamente via sua mãe sempre muito cansada. Soube que ela tinha arrumado um emprego na casa de um bacana, lá na Gávea. Ela não estava acostumada àquele trabalho braçal. A julgar pela casa de Bel, ela devia estar tendo muito trabalho. Apesar de exausta, até que ela estava mais animadinha! No entanto, ele não havia desistido de achar outra solução.

Enfim chegou o sábado. E lá estava Miguel na Barra da Tijuca, com Bel e sua dinda, em meio a um "sofrimento" que parecia infindável. Caldo após caldo, Bel e "meia praia" se divertiam, enquanto Miguel se empanava com areia, atirado pelas ondas, feito um salgadinho. Mas ele não desistia. Ao perceber sua persistência, Bel tratou de ajudá-lo. Pouco tempo depois, lá estavam os dois na areia praticando, antes de entrar no mar. Clara já havia tentado ensinar-lhe a mesma coisa algumas vezes, mas Miguel estava se entendendo melhor com Bel.

E lá iam os dois para a água, sob os atentos olhos de Clara. Uma queda, outra e mais outra. Os caldos continuavam até que, finalmente, ele ficou de pé na prancha. Por alguns segundos apenas, mas pouco importava – para Miguel era mais uma vitória! E para Bel, sua professora, também. Já imaginava sua carreira promissora:

— Agora que consegui fazer um "prego" como você surfar, faço qualquer um! Está certo que não deu nem para ver direito, de tão rápido, mas... – divertiu-se Bel.

Miguel se divertia junto. Nada lhe tiraria o orgulho do dever cumprido. Divertiu-se muito com Bel e sua mãe, como de costume, o dia inteiro. O fim de semana teria sido perfeito não fosse o fato de ter tido que aturar as piadinhas do idiota do Lucas.

— Cuidado, gente, chegou o faveladinho do surfe!

Foi uma das gracinhas que repetiu sem parar. Quanto mais percebia que irritava Miguel, mais implicava. Bel até que tentou repreender seu irmão, mas...

Como aquele imbecil irritava Miguel! Ele se sentia um lixo, mas apenas momentaneamente. Disse a si mesmo que nada o faria triste naquele dia: ficaria feliz, como Saragon recomendou.

Daquele sábado ensolarado até o outro fim de semana, e mais outro, foi um pulo. As semanas passavam rapidamente. Miguel praticava intensamente no simulador. Agora estava preso na fase final, da qual não conseguia passar, mas suas habilidades haviam evoluído muito, inclusive no surfe. Ele já ficava de pé na prancha com mais facilidade. E estava muito feliz por isso.

Naquela segunda-feira Miguel tinha acordado disposto a vencer o simulador. Tinha pensado no final de semana todinho e acreditava que tinha achado a solução: criar quatro chaves com um formato específico, encaixá-las e girá-las simultaneamente. Após quatro tentativas frustradas, a parede se abriu e lá estava Saragon diante dele, como prometido.

— Parabéns, Miguel!

— Olá, Saragon! Quebrei o recorde? Fui o mais rápido de todos nessa tarefa?

— Miguel, essa escola é como a vida. Para ser um vencedor você não precisa competir com os outros, apenas consigo mesmo. Superar-se e garantir novas conquistas é a verdadeira vitória.

Miguel não estava convencido. Queria ser o melhor dos melhores, e isso era perceptível a Saragon. Agora só faltava ler sua mente e ver se fez sua parte na praia, no surfe.

— Fique paradinho aí, deixe-me ver essa cabecinha. Só vai durar alguns segundos até que eu leia e analise suas memórias. Certo, dever cumprido na praia! Muito bem, Miguel! Bom, como prometido, é hora da prova. Está preparado?

— Sem dúvidas! – exclamou Miguel.

— Então chame Leônidas! Mas antes de iniciar preciso te dar algumas instruções. Seu contato com Leônidas é mental. Ele opera em modo autônomo, onde luta sozinho, de forma automática, ou manual. No último, ele obedece a seus comandos mentais. Caso sinta necessidade, ele se transfere automaticamente para seu modo autônomo. Leônidas possui um escudo e um machado. O primeiro serve para te defender...

— O segundo para atacar, já sei! Pode pular isso!

— Calma, Miguel, não seja tão afoito! Antes de iniciar a batalha, você deve sempre montar a gaiola. É ela que permite criar novas formas. Do contrário, contará apenas com o seu escudo e com os ataques de seu *Scutus*. Além disso, coloque-a em modo de invisibilidade, para que os humanos não percebam.

— Certo, certo, acho que já podemos começar – interrompeu Miguel.

— Ok. Vamos a um exercício antes do teste, para que você se adapte.

— Não precisava, mas...

E eis que surge na Arena um Ruínas. Não parecia assustador. Vestia um capuz preto e parecia feito de fumaça negra. Nem de longe era a figura aterrorizante que imaginou. Antes que pudesse se mexer, Miguel criou com sua mente um aspirador que o sugou e o fez explodir; e lá se foi o Ruínas.

— Isso foi fácil demais – divertia-se Miguel.

Poucos segundos depois outro Ruínas apareceu. Miguel tentou a mesma estratégia, sem sucesso. O Ruínas era rápido. Desaparecia feito fumaça e aparecia em outro lugar. Tentou golpeá-lo com o machado de Leônidas, mas este passava através do corpo do Ruínas, sem atingi-lo.

Mentalmente, seu *Scutus* tentou ajudá-lo: informou sobre um golpe magnético, que paralisava momentaneamente o Ruínas, permitindo atingi-lo posteriormente com o fogo de Germinare; golpe que seria capaz de destruir o Ruínas. Miguel tratou de aplicar o golpe magnético e viu o Ruínas paralisar-se, indefeso, à sua frente.

Resolveu divertir-se jogando-o de um lado para o outro, até que ouviu do Ruínas:

— Fácil não é mesmo, faveladinho. Se não fosse a gaiola, não estaria assim, tão corajoso!

O Ruínas estava com uma aparência familiar, parecia o Lucas... sem pensar duas vezes, Miguel livrou-se da gaiola e teve uma surpresa. O Ruínas desapareceu, surgindo em seguida nas costas de Leônidas, que se defendeu com seu escudo. De nada adiantou tal ação, pois as mãos do Ruínas passaram pelo escudo, tocando o peito de Leônidas.

Imediatamente Miguel teve uma sensação estranha, e o medo tomou conta dele. Uma vontade intensa de chorar, até que caiu por terra tremendo, tal como Leônidas, sob o olhar atento de Saragon, que interrompeu o simulador.

— Saragon, o que está acontecendo comigo? Estou estranho, não consigo parar de chorar e tremer e...

— Calma, Miguel. Respire e pense em coisas boas, isso vai passar.

Foi quando uma luz azul partiu do teto em sua direção, recompondo-o pouco a pouco, exceto pelo medo, que nele permaneceu.

— Sabe o que aconteceu, Miguel? O Ruínas usou contra você as suas próprias trevas. Ele assumiu uma forma simples e você o subestimou. Graças a sua vaidade, você não pensou duas vezes em enfrentá-lo de peito aberto, sem suas armas e suas técnicas.

— E por que o golpe do machado não o atingiu e nem o escudo defendeu Leônidas?

— O que dá força às armas de Leônidas é a sua fé. Você não acreditou o suficiente, por isso não o golpeou e nem conseguiu se defender. Agora levante-se e vamos continuar!

Miguel estava envergonhado, não tinha mais forças para lutar. Aquele medo estranho não saía dele, só pensava em desistir e que jamais seria capaz de vencer.

— O que é esse medo que o Ruínas colocou em mim, Saragon?

— Ele não colocou nada. O que está sentindo é o seu próprio medo. Os Ruínas não são capazes de gerar mal algum através de seus ataques mentais. Eles usam o que está dentro de nós, ainda que escondidinho. Até mesmo a frase que ele usou era sua velha conhecida, não?

— Sim, no final ele ficou parecido com o Lucas, até mesmo fisicamente.

— Esses seres podem simular diversas formas em sua tela mental, por isso você o viu como Lucas, pois sabia que ele despertaria em você a raiva. A frase ele leu de sua mente, através dessa "ferida" aberta, esse problema mal resolvido entre você e o Lucas. O Ruínas usou isso a favor dele. E olha que era uma simulação de um Ruína pouco graduado. Se fosse mais experiente...

— E como faço essa "ferida" sarar, Saragon?

— Não se sentindo mais assim.

— Assim como?

— Como um ser inferior e incapaz; essa é a sensação que Lucas provoca em você. O que tem de mal em morar em uma comunidade, Miguel? Além disso, a mãe do Lucas morava lá antes de se mudar para a Zona Sul, não? Lucas nasceu no mesmo lugar que você.

— Você tem razão, mas ele é maior e mais forte.

— Miguel, você está aprendendo judô, não?

— Sim, lá na escola.

— Pois é, e qual é o princípio do judô?

— Hum?

— O lema...

— Ah, entendi: "ceder para vencer".

— E o que isso quer dizer? Qual a origem?

— Não sei...

— Há duas lendas por trás disso, mas com significados similares. A primeira fala de um menino observando uma forte tempestade. Árvores robustas eram destruídas, galhos fortes quebravam, enquanto uma pequena árvore, de galhos frágeis e flexíveis, salvou-se, inclinando-se a favor do vento. A segunda conta a história do salgueiro e da cerejeira no inverno. Com o peso da neve, os rígidos galhos da cerejeira quebravam, já os do salgueiro se envergavam suavemente, fazendo com que a neve escorregasse, e voltavam para a posição anterior, evitando assim que se quebrasse.

— Agora entendi.

— Devemos sempre entender a lógica das coisas, lembra? Jamais devemos fazer por fazer. Pouco importa qual das lendas deu origem ao princípio do judô, mas a lógica é essa: não combata força contra força. Use a força de seu oponente contra ele mesmo, golpeie em sintonia com seu próprio movimento. Não resista, não se oponha à sua força, controle e desequilibre o adversário com o mínimo esforço, deslocando-o na direção para onde está fazendo força. Nesse caso, pouco importa se seu oponente é grande e forte; seu peso e sua força serão usados contra ele mesmo. Quanto mais raiva ele estiver sentindo, mais fácil será projetar seu oponente no solo. Entendeu?

— Sim.

— Pense nisso. Não há motivo para temer seu oponente. Você não deve brigar jamais, mas deve saber se defender. Esse princípio pode ser aplicado a muitas coisas além da luta. Lembre-se: a inteligência é muito mais poderosa que a força. Essa é a principal característica humana. Do contrário, os elefantes teriam domado o homem e não o contrário, não acha?

— Como eu queria usar meus poderes, minha força, contra esse idiota!

— Miguel, quero te ensinar uma coisa muito importante. Escute com atenção. A força e o dinheiro podem "comprar" ou "impor" fama, *status*, poder e outras ilusões da vida, mas jamais comprarão o respeito e a admiração das pessoas. Isso só se consegue conquistando; são recompensas pelo nosso trabalho. E não há recompensa senão através do trabalho duro; ao menos, dignamente.

Miguel ouvia atentamente e em silêncio. Limitou-se a concordar com a cabeça.

— Outras coisas que não são compradas e nem impostas são a sabedoria, a felicidade, a paz, o equilíbrio e o amor. Será que esse Lucas é feliz?

— Você tem razão, acho. Mas, se é verdade, por que o Lucas tem uma gangue de idiotas atrás dele?

— Não se engane, Miguel. Ele impõe a liderança sobre essas pessoas pela força, mas não é um líder. Liderança não se impõe com o medo, como ele faz. Todos os seus seguidores o temem e querem apenas sua proteção. O verdadeiro líder é eleito por seus liderados. Desmascare o Lucas, Miguel, e verá seus seguidores desaparecerem. Experimente.

— Valeu, Saragon! Vou tentar! Você tem super razão!

— É preciso mais que palavras para curar essa ferida e fazer com que acredite de verdade nisso. É preciso mudar internamente. Mas concordar já é um começo. Por ora, tenha sempre em mente: você não é inferior a ninguém, a menos que deixe que o convençam disso, e não há força que não possa ser superada pela sabedoria. Agora, levante daí e não repita os mesmos erros!

— Sim!

— Sente-se confortavelmente e feche seus olhos. Ajeite sua postura... isso. Concentre-se e respire fundo, lentamente... assim mesmo. Continue respirando assim e tente esvaziar sua mente, sem se prender a nenhum pensamento, ignorando tudo o que está a sua volta. Imagine que está sentado de frente para o mar. Vá despertando seus sentidos lentamente. Vislumbre a beleza do mar, olhe onda por onda quebrar, ouça a melodia das ondas, sinta a areia em seus pés, o cheiro e o gosto salgado da maresia, imagine o mar energizando seu corpo inteiro, percorrendo cada pedacinho: os dedos dos pés, os pés, os tornozelos, as panturrilhas, os joelhos, suas coxas, sua cintura, barriga, peitoral, descendo por seus braços até seus dedos e subindo até os fios de seus cabelos. Agora, lentamente, vá sentindo cada parte do corpo como se estivessem despertando, dos dedos dos pés ao rosto... Agora abra seus olhos, bem devagar... sente-se melhor?

— Muito!

— Você deve relaxar meditando diariamente, para equilibrar sua mente. Usei o mar porque sei que gosta, mas poderia usar qualquer outro elemento da natureza: cachoeiras, florestas, montanhas, rios. Quando estiver nesses locais, pratique com a sensação real. Mais do que relaxar, isso ajudará a se lembrar das sensações quando meditar.

— Farei todo dia quando acordar.

— Deve fazer também após vivenciar momentos de estresse e pressão, para retomar seu equilíbrio. Deve fazer esse exercício mesmo ao final de cada batalha. Além disso, sempre que sentir raiva ou que está perdendo seu controle emocional, respire fundo, conte até dez lentamente, pense em coisas boas, retirando sua mente temporariamente daquele ambiente. Em seguida, encha a boca de saliva e paralise seu corpo, para não falar ou agir e se arrepender. Isso vai te acalmar emergencialmente. Quando possível, isole-se, medite, para que termine de se equilibrar. Enquanto se acalma, ponha Leônidas em modo autônomo. Só lute, aja ou tome decisões quando estiver calmo e de preferência equilibrado, ok?

— Entendi.

— Devemos estar sempre em equilíbrio: corpo, mente e alma. Do contrário, somos presas fáceis dos ataques dos Ruínas. Você pratica exercícios físicos regulares e reza diariamente. Isso equilibra seu corpo e sua alma, mas também precisa equilibrar sua mente, suas emoções, certo?

— Certo. Estou pronto para tentar novamente, mas antes quero aprender mais sobre meu *Scutus*.

Saragon estava satisfeita. Miguel havia aprendido sua primeira lição: a **humildade**.

Dois Ruínas apareceram na Arena, com seus capuzes negros. Subitamente os capuzes desapareceram e surgiram dois dragões gladiadores em seu lugar. Seus corpos eram musculosos como o de um homem forte, mas suas cabeças e rabos pareciam de dragões.

Eles jorram fogo na direção de Miguel, que teme e se esquiva do Ruínas. Leônidas é ferido e Miguel sente seu braço doer. Saragon paralisa o combate.

— Não tema, Miguel. Acredite! Use o escudo de Leônidas.

— Por que sinto essa dor?

— Vai passar, assim que se equilibrar. Você enfraqueceu seu *Scutus* ao recuar e temer. Acredite! Olhe como Leônidas é forte. Acredite nele e em você mesmo, ou jamais vencerá.

Novamente a Arena é ativada. Outro ataque é desferido, atingindo novamente Leônidas, que cai por terra. Miguel sente dores, mas, dessa vez, Saragon permite que a luta prossiga.

— Seu faveladinho... hahahahaha! – diverte-se o Ruínas.

Uma força estranha invade Miguel, mas dessa vez não o ódio, e sim sua força de vontade. Leônidas se levanta e ruge alto, pronto para o combate.

Mais fogo é lançado, e agora o escudo funciona. Assim que o fogo cessa, Leônidas gira rapidamente o corpo, atingindo os dois Ruínas com seu machado, incandescente com um fogo azul. Ambos são destruídos.

— Parabéns, Miguel! O fogo que se formou no machado de Leônidas é o fogo de Germinare e foi gerado por sua força de vontade e fé. Ele é fatal para os Ruínas.

— Foi mesmo.

— Agora quero que medite novamente e equilibre-se, para se recuperar, pois aumentarei o nível dos Ruínas com quem você irá lutar. Esses eram apenas soldados.

Saragon então colocou Leônidas em modo automático e foi explicando alguns golpes e defesas do *Scutus*, sob os ouvidos atentos de Miguel.

Depois disso, Miguel lutou mais algumas vezes. Ganhou, perdeu e surpreendeu-se com a quantidade de artimanhas dos Ruínas. Era mais difícil do que pensava. Mas ficou mesmo impressionado com o ataque mental que sofreu quando o medo tomou conta dele.

— Uma vez desferido o ataque mental, tem como eu me defender, Saragon?

— O escudo de Germinare, nas mãos de Leônidas, tem origem dentro de você. Sempre que tiver força de vontade, fé e equilíbrio, os ataques terão pouco ou nenhum efeito sobre você. Lembre-se: você deve vigiar constantemente seus pensamentos, atos e palavras, pois, ao sinal de qualquer desatenção, os medos e as trevas que emanam de você podem ressurgir. Esses sentimentos agem silenciosamente, disfarçados até mesmo de virtudes, até que se instalam no seu interior, quando é mais difícil se desfazer deles. Caso isso aconteça, sua força de vontade, fé e virtudes devem prevalecer, para que seja capaz de se reestabelecer e voltar a lutar. Entendeu?

— Sim! Obrigado, Saragon!

Saragon novamente usa a tela sensível ao toque que se forma no ar. Sob o olhar assustado de Miguel, a sala transformou-se em uma enorme floresta. Era estranho, como se estivesse mesmo em uma selva. Sentia o cheiro do verde, até mesmo as texturas eram reais. Era como se tivesse sido transportado até aquele lugar. Miguel estava confuso; seria mais um cenário de luta?

Aquela pequena sala agora parecia não ter fim. Saragon faz sinal para que Miguel a siga. Silenciosamente, caminham até pararem em frente ao que parecia ser um homem das cavernas.

— Como tudo isso é possível? Fomos transportados para a pré-história da Terra?

— Sim e não, respondeu Saragon. Como disse anteriormente, aqui, nesta sala virtual, podemos projetar formas que afetam todos os sentidos de seu corpo.

— E como a sala pode ter ficado tão grande? Ela é elástica?

— Não ficou maior. Na verdade, você não está se movendo. Apenas acha que está. É como se fôssemos capazes de enganar seu cérebro. Mas foque no que quero te mostrar, por favor.

Uma voz grossa masculina surgiu do nada e passou a narrar aquilo que vivenciavam, como se ele estivesse dentro de um filme. Dizia a voz:

> *A criatividade faz parte da natureza humana. O mundo evolui constantemente. Estamos inseridos no universo para aprendermos e evoluirmos constantemente, aperfeiçoando nossos pontos fortes e melhorando nossas imperfeições. Para isso, precisamos da curiosidade para pesquisar, indagar e contestar, assim como da criatividade para criar, rever modelos e conceitos e da ousadia para pôr em prática nossas criações, através de trabalho duro e de determinação.*

O tempo começa a fechar, como se uma enorme tempestade se aproximasse. Dinossauros e outras criaturas estranhas se agitam, acuando o homem, que se defende com uma lança de madeira improvisada. Raios rasgam o céu e uma chuva torrencial desaba sobre aquele lugar. Miguel pensa em correr e tentar se abrigar, mas nota que não se molha e que os seres passam através de seu corpo.

> *Desde os primórdios, o homem precisava ser criativo para vencer os desafios que encontrava. Veja esse frágil ser, em meio a tantos animais ferozes e enormes, fraco e sem mecanismos naturais de defesa. Será? Se o fosse, como sobreviveu? Apenas graças a essa pequena lança? Não, claro que não! Ele possuía as maiores de todas as armas: a inteligência, a fé, a força de vontade, a capacidade de tomar decisões de forma racional e analítica e a criatividade.*

> Mas bastava ter tais características? Não; era necessário colocá-las em prática, do contrário, teria sido extinto como tantos outros animais.
>
> Veja!

Um raio atinge uma árvore, provocando um enorme estrondo, seguido de fogo e pânico. O homem examina o fogo enquanto outros se abrigam. O tempo muda e novas cenas são projetadas:

> Para fugir das intempéries, o homem aprendeu a se abrigar em cavernas. Aprendeu a caçar, a achar água potável e a distinguir os alimentos comestíveis dos venenosos para saciar sua fome e sua sede.
>
> Tudo estava à sua disposição na natureza, mas era preciso curiosidade para perceber, ousadia para tentar e criatividade para inovar, para evoluir...

Um forte vento atinge o local, e o filme começa a passar rapidamente, feito o filme de um DVD sendo avançado.

> Veja a natureza, magnífica, em eterna evolução. Tudo evolui no universo, inclusive os seres humanos. Era necessário evoluir, mas, para isso, era preciso que tivesse o merecimento. Desde os primórdios, a meritocracia é uma lei do universo. Alguns homens tiveram a coragem de lutar e venceram as intempéries impostas, enquanto outros se estagnaram.
>
> Quantas e quantas descobertas tivemos a partir do tempo das cavernas? A eletricidade, a telefonia, a aviação, a televisão... e todas foram benéficas? Quantas delas nos levaram à guerra, por exemplo? Quantas delas, como o vírus dos Ruínas, podem nos levar à extinção...

A imagem muda: homens constroem usinas em um lado do ambiente. Do outro lado, militares manipulam algo em um laboratório.

> O homem tem o poder de criar e de destruir. A descoberta do átomo possibilitou ao homem usufruir da energia nuclear, para o bem e para o mal. Graças a isso gera-se energia que abastece cidades e países inteiros, mas também com ela foi criada a bomba atômica.

Uma enorme explosão em formato de cogumelo suga o local, levando consigo a projeção.

> Inove, germinariano. Evolua e faça evoluir! Esse é o seu dever, mas lembre-se: toda inovação deve ser sustentável. Esse é um dos princípios do escudo germinariano, honre-o!

E, subitamente, retornaram para a sala de aula digital de antes.

— O que aprendeu, Miguel? - questionou Saragon.

— Que estamos predestinados a inovar e evoluir, que temos esse poder, mas que para isso é preciso coragem e responsabilidade.

— Sábia conclusão! Você precisará aprender a inovar para lutar contra os Ruínas, para conseguir superar os desafios que te aguardam na caverna onde seus pais esconderam o *kit* de teletransporte e para vencer tantos e tantos desafios que surgirão quando se tornar um Agente das Galáxias.

— Impressionante o filme!

— Lembra que falei que inovação é uma das características de nosso escudo, certo? Pois é, mas inovação apenas não basta. Disse dessa forma apenas para simplificar e para que aprenda gradativamente. A inovação precisa ser sustentável: este é o princípio a ser guardado, Miguel.

— Significa que ela deve sempre gerar o bem? É isso?

— É mais ou menos por aí. Deve gerar o bem aos seres humanos, à natureza e ao processo evolutivo do universo. Além disso, precisa ser sustentável economicamente. Em outras palavras, aquilo que você investir para inovar, seja em forma de dinheiro, tempo ou qualquer outro meio, deve reverter-se em benefícios para a sociedade e para o universo. Tais benefícios devem ser maiores que o seu investimento. Entendeu?

— Sim, entendi.

— E o que é mesmo inovação, Miguel?

— Ter ideias e aplicá-las?

— Mais que isso: significa criar algo novo e único, que mude o estado atual de algo ou de uma situação. Não basta apenas ter a ideia, é preciso que ela seja original (não exista nada igual), aplicável (que seja usada), relevante (que gere mudança de fato), sustentável e que seja colocada em prática; só assim gerará a evolução.

— Acho que entendi.

— Mais uma coisa, Miguel. Para inovar, precisamos ser curiosos e ótimos observadores. Observar não apenas com os olhos, mas com todos os sentidos. É preciso estar ligado aos pequenos detalhes.

— E como se faz isso?

— Uma maneira fácil é, quando fizer algo, dedicar-se totalmente, vivenciando integralmente o momento.

— Como assim?

— Quantas vezes não fazemos coisas de forma robótica, Miguel, sem prestar atenção ao que estamos fazendo, sem vivenciar. Na vida, cada segundo é diferente do outro. É preciso degustar cada momento de vida, atento aos detalhes. Só assim inovaremos. A natureza, por exemplo, veja como é linda! É magnífica! Se observar atentamente os animais e as plantas você tem muito a aprender, não acha?

— Sim.

— Veja como as formigas são organizadas, como os filhotes de pássaro persistem e aprendem a voar... vamos entender o que é inovação agora, devagar. Me diga algumas características necessárias à inovação.

— A criatividade e a determinação!

— E qual o elemento predecessor à criatividade? Aquele sem o qual ela sequer ocorreria.

— A curiosidade!

— Exatamente, Miguel! Então, vejamos como a criatividade ocorre.

Novamente eles se veem em um outro ambiente, parecendo um palácio. Em seguida deu-se a narrativa, enquanto vivenciavam os fatos.

Nos tempos da Grécia Antiga havia um rei chamado Hierão. Ele mandou fazer uma coroa de ouro maciço. O resultado da obra, porém, não foi o esperado. A coroa não parecia amarela o suficiente. Teriam misturado alguma outra substância nela, menos valiosa, como prata, por exemplo, e roubado seu ouro? Surgiram boatos de que o ourives misturou outro metal na composição da coroa. Mas como ele poderia ter certeza sem derretê-la?

— *Chamem o sábio Arquimedes! – ordenou o rei.*

Arquimedes era um renomado sábio daquela época, famoso até hoje por suas teorias e inovações.

— *Sim, vossa majestade, eis-me a seus serviços!*

— *Arquimedes, a fama de sua sabedoria se estende por todo o reino. Por conseguinte, desta missão não fugirá; pelo contrário, rapidamente a solucionará!*

Assim, o rei deu-lhe a missão de verificar se a coroa fora feita só de ouro ou se ele fora enganado.

Em sua casa, de um lado para o outro Arquimedes andava, apreensivo. Pela primeira vez falharia em sua missão. Não havia tecnologia ou teoria conhecida que pudesse ajudá-lo a realizar tal façanha.

> *Atormentado ficou por semanas; para onde ia, levava a coroa consigo. Até que, um belo dia, ao tomar banho em sua banheira, com a coroa em mãos, saiu pelado pelas ruas gritando:*
>
> *— Eureka, Eureka! ("descobri, descobri!", em grego).*
>
> *Arquimedes acabara de descobrir uma nova lei da física, batizada de Princípio de Arquimedes. Ela relaciona o peso de objetos ao líquido. Ao mergulhar a coroa na banheira, percebeu que um pouco de água transbordou dela. A quantidade de água que transbordava diferia para cada tipo de material. Assim, jamais outro material transbordaria a mesma quantidade de água que o ouro puro.*
>
> *Então, descobriu que a coroa era uma mistura entre ouro e prata.*

— Será que a lógica criativa de Arquimedes se aplica também aos dias de hoje, Miguel? – perguntou Saragon, após o fim da projeção.

— Com certeza.

— Então vejamos, passo a passo, como ele fez.

O filme volta a ser projetado, mas as imagens são congeladas ao comando de Saragon.

— Primeiramente, ele elaborou um problema. Que problema foi esse?

— Se a coroa era de ouro puro ou se foi misturada.

— Exatamente. Além disso, foi necessário isolar o problema. Às vezes, um problema é composto de muitos outros. Em outras palavras, muitas perguntas precisam ser respondidas ao mesmo tempo, para que a solução do problema inicialmente proposto seja encontrada. E depois?

— Ele ficou pensando?

— Sim. Mas, além de pensar, o que ele procurou?

— Uma maneira conhecida que pudesse usar no seu trabalho.

— E ele achou?

— Não.

— E então?

— Ficou pensando mais e mais?

— Exatamente: incubou a ideia na sua mente. Plantou a sementinha no cérebro e, em todo lugar, em tudo o que fazia, olhava atentamente procurando algo que pudesse ajudá-lo na solução de seu problema; ele criou um ambiente onde a semente pudesse germinar. A semente precisa de água, terra fértil, luz, certo? Do contrário, não brotará. Nossa plantinha da inovação precisa de curiosidade para crescer forte e saudável. E a solução era trivial?

— Não. Ele não esperava encontrá-la!

— Muitos diriam que foi sorte, mas um verdadeiro inovador sabe que a ideia ficou fervilhando em sua mente e ele trabalhou todo o tempo buscando solução para o problema – mas, para isso, o que precisou fazer?

— Estar atento, todo o tempo, a tudo o que via e fazia, por mais que não tivesse nada a ver com o problema.

— Exatamente. Agora vejamos alguns segredinhos, Miguel. Você acha que quando Arquimedes teve a ideia ele a apresentou de pronto? Será que ele não teve outras antes?

— Não sei...

— Primeiramente, ela pode não ser a melhor ideia. É preciso testá-la exaustivamente para ver se realmente atende ao desafio imposto. Além disso, precisamos imaginar como vamos colocar a ideia em prática, avaliando tudo o que será preciso para tal; se é factível implementar a ideia que tivemos, colocá-la em prática. Precisamos verificar se é sustentável!

— Legal!

— Além disso, ela precisa ser aperfeiçoada gradativamente, até assumir sua forma definitiva. Toda vez que ela falhar em um teste, vamos melhorando e adequando a ideia. E continuamos atentos ao ambiente, a tudo o que presenciamos e vivemos; assim vamos tendo ideias novas, que usaremos para aperfeiçoar a ideia anterior. Até que a ideia finalmente nasce e está pronta para ser implementada! E agora, mãos à obra. É hora de colocar a ideia em prática, certo? Sim, pois, do contrário, não será uma inovação; será apenas mais uma boa ideia vagando perdida no universo, como tantas outras. Antes disso, precisamos apresentar a ideia. Ela nasce suja, desengonçada. É preciso limpá-la, ajeitá-la e embelezá-la antes de apresentar às pessoas. Do contrário, pode ser que as pessoas não a compreendam ou não percebam quão grandiosa é a ideia; seu verdadeiro valor!

— Legal!

— E não se esqueça: não basta colocar a mão na massa. Tem que persistir e usar a cabeça. Não há como vencer se ao primeiro obstáculo desistimos. Desafios aparecerão na hora de implementar a ideia; portanto, além de força de vontade, será necessário aperfeiçoar a ideia ainda mais, para que os desafios sejam superados. O ciclo de aperfeiçoamento da ideia é longo. Mesmo depois de pronta, ela evoluirá constantemente, tal como tudo no universo. Muitos tentarão fazê-lo desanimar com palavras, atos e pensamentos. Será preciso lutar, Miguel!

Subitamente, três Ruínas surgem e com um raio jogam Leônidas no chão. Sob dor, Miguel reage. Os Ruínas fazem uma cortina de fogo em torno de Leônidas. Miguel cria molas sob os pés de seu *Scutus*, fazendo-o saltar por cima do fogo. Em seguida, cria argolas com a mente, presas à parede, que se atrelam aos pés e braços dos Ruínas, puxando-os contra a parede.

Enquanto Leônidas os destrói com seu machado fumegante, Saragon diz:

— Surpresas ocorrerão, Miguel. É preciso ter a capacidade de reagir a elas rapidamente. Levantar-se quando cair, inovar quando situações novas aparecerem, ter força de vontade quando tudo parecer perdido e, acima de tudo, jamais desistir!

Ofegante, Miguel apenas concorda com a cabeça, enquanto se concentra e repõe suas energias.

— Outra coisa, Miguel: é preciso foco para não nos dispersarmos do caminho que planejamos. Várias distrações surgirão, certo?

— Sim – respondeu de olhos fechados.

— Agora vamos montar um passo a passo para você nunca mais se esquecer, ok?

Frases são projetadas no ar, uma a uma. Miguel prontamente abre os olhos e toma nota.

— Precisaremos de dez etapas para inovar, conforme vimos:
1. Elaborar as questões a serem respondidas referentes ao problema a ser solucionado, isolando-o.
2. Procurar uma forma conhecida de responder à questão.
3. Plantar o problema na mente, como uma semente.

4. Criar o ambiente de germinação: ser curioso e prestar atenção a tudo o que vivenciar, para gerar um ambiente inovador propício para que a semente brote.
5. Testar a ideia, imaginando como colocá-la em prática e verificando se atende a todos os quesitos do problema a solucionar.
6. Analisar se a ideia é sustentável.
7. Maturar e aperfeiçoar a ideia.
8. Preparar a ideia para ser apresentada.
9. Implementar a ideia, colocando as mãos na massa, com foco e determinação, para que se transforme em uma inovação de fato.
10. Ir adequando a ideia aos desafios que surgirão.

Miguel se diverte criando um cérebro no ar. Nele coloca uma semente e vai fazendo-a germinar, até que a planta cresce, tornando-se uma árvore e dando frutos.

— Você evoluiu bastante, Miguel! Agora coma o fruto!

— Hã?

— Isso mesmo que você ouviu, coma-o e me diga o gosto.

— Não sinto nada, nem gosto nem textura.

— Pois então pratique mais. Precisa projetar coisas que afetem todos os sentidos. Ok? E para isso deverá desenvolver melhor suas habilidades psicomotoras avançadas. Além de reconhecer e compreender os estímulos que recebe, deverá fazer com que os outros reconheçam e compreendam os estímulos que você gerar.

Saragon mostra um simulador psicomotor onde Miguel treinará tais habilidades. Um ambiente parecido com uma oficina velha, com esqueletos metalizados de prédios em construção, tanques de óleo e carros depredados.

— Aqui, nessa cidade gerida pelo caos, você será atacado por gangues; de onde menos espera e da forma que menos espera, terá que lidar com seres estranhos e violentos. Para se defender, sua única opção será aperfeiçoar seus sentidos e projetar sensações em seus oponentes e nos objetos da arena que irão além das projeções visuais; deverá lidar também com sensações auditivas, olfativas, gustativas, táteis, espaciais, temporais e mentais.

— As três primeiras eu entendi, mas e as demais?

— Sensação tátil refere-se à forma como alguém interpreta formas, tamanhos, texturas, peso e temperaturas. Seus poderes podem provocar efeitos inimagináveis graças a essa habilidade. Você pode congelar ou incendiar um Ruínas, por exemplo, com raios que se projetem do machado de Leônidas.

— Irado!

— Você pode ainda alterar a noção de espaço e tempo de seus adversários, deixando-os tontos, desorientando seus movimentos na Arena, movendo-se mais rápido do que seus olhos podem ver, ficando invisível ou ainda fazendo-os ter a sensação de ser sugados pelo chão ou pelo teto. Você ainda pode ministrar ataques mentais poderosos, muito mais fortes que aqueles usados contra o Zé Garoa.

— Muito maneiro!

— Além de usá-las em seus ataques, é preciso desenvolver melhor todas essas habilidades em você mesmo: ampliando sua memória visual, auditiva e sinestésica (sensação corporal), sua capacidade de concentração, suas habilidades motoras e auditivas e o seu equilíbrio emocional, por exemplo, ao lidar com situações novas sob estresse e pressão. Finalmente, além de tudo o que disse, você treinará sua capacidade analítica e de síntese, seu raciocínio lógico, apurando seus reflexos e possibilitando reações rápidas e acertadas às dificuldades que encontrará.

— Nossa, serei o ser mais forte da Terra!

— Miguel, juntamente com os poderes vêm os deveres: a humildade e a responsabilidade são alguns deles.

— Desculpe!

— Mas ainda falta uma coisinha para concluirmos a aula de hoje. Por que o rei chamou Arquimedes, Miguel?

— Porque ele era um sábio?

— Em outras palavras, porque ele tinha as habilidades e virtudes necessárias para solucionar o problema, certo?

— Isso.

— Portanto, uma outra coisa importante é sabermos em que somos bons, quais as nossas habilidades. Precisamos saber quais são nossos pontos fortes e quais pontos temos a melhorar. Assim, sabemos se somos os mais indicados a solucionar aquele problema ou se precisamos de ajuda. Nesse caso, através da mesma avaliação, identificaremos quem é a pessoa mais indicada para nos ajudar. Quanto mais adequadas nossas habilidades e virtudes forem para solucionar o problema, maiores serão nossas chances de solucioná-lo.

— Então, quanto mais desenvolvermos habilidades e virtudes, maior a quantidade de problemas que poderemos solucionar?

— Exatamente, Miguel. Agora que tal praticarmos?

— Sim!

— Quero que você solucione dois problemas: o primeiro diz respeito ao vírus. Precisamos rastreá-lo, identificá-lo, criar um medicamento que propicie sua cura, criar uma vacina para que não mais volte a atacar as pessoas e massificar tanto o medicamento quanto a vacina, certo?

— Isso mesmo!

— Precisamos ainda identificar quando ocorrerá o ataque dos Ruínas. Com certeza eles privilegiarão locais onde ocorram maior concentração de pessoas. São muitas perguntas, mas vamos focar em apenas uma questão, compatível com suas habilidades aprendidas, ok?

— Certo.

— Foque no seguinte: uma vez que identifiquemos a cura, e nossos cientistas criem o medicamento e a vacina, como fazer com que estes se alastrem tão rapidamente quanto o vírus? Quero que você identifique ou crie um objeto que todos os terráqueos usem, voluntariamente. Ele precisa se multiplicar entre os terráqueos como um vírus e, de preferência, atingir não apenas o maior número de brasileiros possível, mas de cidadãos de todo o mundo. Estes agirão como multiplicadores da cura em seus países. E não se esqueça: para se multiplicar, o nosso medicamento precisará de ambiente propício. As pessoas precisarão estar felizes ao receberem nosso medicamento, para que ele faça efeito.

— Nossa! Difícil, hein?

— Você acha que foi fácil para Arquimedes?

— E por que acha que sou a pessoa certa para solucionar esse problema?

— Porque, além das habilidades aprendidas, você se esforçará para aprender mais e achar a solução. Sua motivação é a maior de todas: você quer salvar a vida de seus amigos e familiares. E você já sentiu na pele os efeitos do ataque dos Ruínas... E o mais importante: todos confiamos em você, Miguel!

— Farei o meu melhor! E quanto ao outro problema?

— Bem lembrado! Ao ler sua memória, mais cedo, identifiquei que algo o incomoda: sua mãe. Estou correta?

— Sim, como sempre!

— O que faria por ela, se pudesse?

— Daria a ela um trabalho legal, que a deixasse feliz.

— E se esse trabalho pudesse mudar a realidade dela e a sua? Se pudesse ter uma vida melhor, por exemplo.

— Seria muito bom, mas é possível? Eu não posso trabalhar, sou criança...

— Mas sua mãe pode! Não se limite, pense fora da caixinha! Lembra?

— Lembro sim, do macaco...

— Esse é o problema que deve solucionar: melhorar a sua vida e a de sua mãe.

Um escudo imenso é projetado no ar. Raios surgem do nada, esculpindo palavras nas bordas do escudo, parando na quarta borda:

- ✓ Felicidade
- ✓ Protagonismo
- ✓ Inovação sustentável
- ✓ Autodesenvolvimento meritocrático

— Esses são os princípios do escudo germinariano que você já conheceu, Miguel. Agora vejamos as demais características, pois você precisará delas para concluir a próxima tarefa:

As demais menções são gravadas no escudo, uma a uma.

- ✓ Visionarismo
- ✓ Empreendedorismo
- ✓ Estratégia

- ✓ Liderança
- ✓ E, finalmente, aliar toda a teoria que aprendeu até agora, à prática.

— Isso parece meio difícil...

— Não coloque dificuldades, Miguel. Interrompeu Saragon. Você é um germinariano, não se esqueça!

— Mas pode me explicar melhor o que querem dizer essas palavras?

— Assim está melhor! Visionário é aquele capaz de se antecipar aos acontecimentos; aquele que vê não apenas o presente, mas o futuro.

— Tipo um mago?

— Todos nós podemos ser um pouco magos. Basta prestar atenção e ver diversas necessidades e problemas existentes que ainda não foram solucionados. Podemos identificar até mesmo problemas futuros. Entendeu?

— Sim.

— Empreendedor é aquele que, além de ser visionário, é capaz de desenvolver aquilo que imaginou e pôr em prática.

— Entendi.

— A liderança é a capacidade de inspirar, desenvolver e conduzir pessoas, tirando o melhor de cada um, rumo a um objetivo comum.

— Tal como precisarei fazer com minha mãe?

— Exato, e consigo mesmo. Precisa ser um líder de si mesmo, para que se obrigue a superar os desafios que lhe são impostos.

— E estratégia?

— É a maneira como nos planejamos, organizamos e tomamos decisões, sozinhos ou com nosso time, que nos permite trilhar o melhor caminho para atingir o objetivo.

— Agora eu entendi. Vou usar essas coisas, sem nem sentir que estou usando. Mas preciso saber mais, não?

— Não. Por ora isso é o suficiente para concluir a tarefa. Você terá muito tempo para aprender todos os conceitos em detalhes na Academia, espero.

— Mas não vejo para que precisarei dessas coisas...

— Você usará essas habilidades em missões futuras – por exemplo, inovando ao criar novas tecnologias, armas e armadilhas, ao investigar eventos em campo, liderando suas equipes, seja de soldados ou cientistas, no campo ou no laboratório, e criando novos produtos e negócios que façam a Terra evoluir. Você também usará essas invenções para melhorar a qualidade de vida da sua família, dos que ama e da sociedade. Bom, é hora de você começar a praticar aquilo que aprendeu, não?

— Sim! Alguma dica para me ajudar na minha missão, comandante?

— Sim. Quando estiver demasiadamente tenso, buscando uma solução e ela não vier a mente, divirta-se. Quanto mais você viver e for feliz, maior será seu potencial criativo; logo, maiores serão suas chances de vivenciar coisas que o conduzam até a solução de seus problemas.

— E posso ir praticando no simulador, enquanto isso?

— Claro, diariamente você deve praticar no simulador que indiquei, para desenvolver suas habilidades e projeções psicomotoras. Estarei aqui para orientá-lo quando preciso. O treinamento continua normalmente; a diferença é que agora você tem uma missão a cumprir; um projeto para pôr em prática os conceitos que tem aprendido.

E assim se despediram e a transmissão se encerrou. Miguel anotou tudo o que aprendeu naquele dia e, principalmente, o enunciado de suas duas missões.

Ao chegar em casa, deparou com uma cena exótica. Sua mãe dormia na sala; não teve forças sequer para esperá-lo. Cuidadosamente, ele a acordou e jantaram juntos. Tinha a certeza de que seu futuro estava prestes a mudar.

5. Bandeças, Eureka!

Quase um mês se passou sem que Miguel achasse uma solução para os problemas que lhe foram dados. Nesse período treinou exaustivamente no simulador; seus sentidos estavam muito mais apurados, assim como suas projeções.

Sua mãe continuava na mesma: um pouco chateada por não estar fazendo algo que gostava e sempre cansada. Ao menos, a qualidade das refeições tinha melhorado muito, graças a seu salário, e isso a confortava e dava forças para continuar na luta diária.

Resolveu seguir o conselho de Saragon: se a solução não vinha, diversão e momentos felizes eram a solução! Dentre inúmeros momentos assim, um foi marcante.

Era um belo domingo de sol. E lá estava Miguel, sempre acompanhado de Bel, na praia. Curtia a areia enquanto Bel e Clara ainda estavam no mar. Tudo parecia maravilhoso, até que teve que lidar com um pequeno inconveniente.

— Fala, faveladinho do surfe! – exclamou Lucas, seguido por sua gangue de idiotas.

Dessa vez, no entanto, Miguel não se intimidou. Seguiu o conselho de Saragon, não se conteve e começou a rir, prendendo os lábios, fazendo aquele barulhinho de riso contido. Ele imaginava Lucas sendo assado feito um leitão no rolete!

Aquele deboche irritou Lucas, que exigiu saber do que estava rindo.

— Estou imaginando você feito um porco no rolete! – falou, sem conter a risada.

Lucas ficou vermelho. Mais ainda por ver que seus seguidores riam sem parar. Ele os repreendeu e gritou:

— Seu faveladinho insolente! Está achando o quê?

— Que você é tão favelado quanto eu, ou acha que não sei que você também nasceu lá na comunidade?

O riso agora era generalizado, até mesmo de Bel, que acabara de voltar do mar ao ver a confusão e se divertia com a cena. Lucas escondia esse segredo a sete chaves. O que seus amigos iam achar? Sem pensar, repleto de ódio, partiu para cima de Miguel e se estabacou!

Ele não percebeu que Miguel já esperava pelo seu ataque e tinha se antecipado. Miguel estava escorado em uma caçamba de lixo enorme. Quando Lucas veio para cima dele, aplicou um golpe de judô, projetando-o no ar e atirando-o dentro da lixeira.

Todos riam sem parar. Seus amigos gritavam em coro:

— Agora virou um porquinho de verdade! – e riam de se acabar.

A raiva tomou conta de Lucas, mas maior foi a vergonha. Não se conteve e começou a chorar na frente de todos. Ao verem a cena, seus liderados tomaram coragem e o deixaram sozinho, exatamente como Saragon tinha previsto.

Sua mãe, ao sair do mar correndo, vendo a agitação, encontrou aquela cena lamentável. Sabia como seu filho era, por isso nem pensou em culpar Miguel. Pelo contrário: colocou Lucas de castigo, feito um idiota na areia, e sem videogame por duas semanas.

Ao final, Miguel sentia pena daquele sujeito. Nem precisou de seus poderes para derrotá-lo. Foi preciso apenas um pouco de inteligência. E assim findou o reinado de Lucas perante seus trogloditas.

O dia passou rápido. Clara mandou Lucas para casa, enquanto eles almoçavam em um quiosque. No fim do dia, em pleno pôr do sol, Clara, Bia e Miguel passeavam pelo calçadão da praia de Copacabana quando pararam para tomar uma água de coco antes de seguirem para casa. Lá encontraram uma estranha escultura, com um painel digital embutido.

— O que é isso, dinda? – perguntou Miguel.

— É um relógio diferente. Ele marca a contagem regressiva para a Copa do Mundo no Brasil, no ano que vem.

— Ah, é verdade! Vai ser bem legal!

— Vai sim, já estou providenciando a compra de ingressos para a final. Iremos todos: eu, você, sua mãe, Lucas, se ele se comportar, e Bel, que tal?

— Uhuu! – gritaram os dois, a uma só voz.

— E sabe a maior? A final da Copa do Mundo será no dia do seu aniversário e aqui no Rio de Janeiro, lá no Maracanã. Ele está em obras e em breve será um dos mais modernos estádios de futebol do mundo. Quem sabe, além de seu aniversário, não comemoramos o hexacampeonato da seleção brasileira?!

— Nossa, seria muito legal! E ainda vou poder praticar meu inglês e meu francês! – gabou-se Bel, incluindo-se no assunto após terminar sua água de coco, fazendo aquele barulhinho insuportável que sua mãe detestava.

— Não entendi – disse Miguel.

— Vou explicar – disse Clara. – Na Copa do Mundo, milhares de pessoas do exterior virão ao Brasil para assistir aos jogos e torcer por suas seleções. A Copa do Mundo é um dos maiores eventos esportivos e reúne um número incontável de pessoas. É um momento único de confraternização dos povos, quando todos estão felizes. As pessoas costumam enfeitar as ruas, usar bonés e outros adereços como bandeirinhas e cornetas, tudo com as cores do Brasil.

— É um momento onde todos estão felizes... – repetiu Miguel, pensativo.

— Exatamente. Independentemente de quem ganhará o torneio, é um momento de conhecer pessoas e culturas novas, de passear. Pessoas ficarão concentradas, aos milhares, nos estádios e nas *Fan Fests*. Que sorte temos da Copa ser celebrada no Brasil e a final ser no Rio!

— O que são *Fan Fests*? – perguntou Bel.

— São locais, nos diferentes estados brasileiros, onde serão instalados telões para que as pessoas que não puderem assistir aos jogos nos estádios de futebol festejem e torçam pelos seus times. Na verdade, haverá áreas similares em todo o mundo, não apenas no Brasil – completou Clara.

— Vamos juntos em uma *Fan Fest*, Miguel? – disse Bel.

— Ahã...

Teria concordado com qualquer coisa naquele momento. Miguel já não estava mais ouvindo aquela conversa. Uma enorme concentração de pessoas: seria o momento ideal para o ataque dos Ruínas! Era preciso agir imediatamente! Ele tinha que contar isso logo para Saragon!

Seja lá o que fosse ser feito para deter o vírus, teria que ser feito antes daquela ocasião, com certeza. Mas o que fazer?

Espera um minuto, pensou. *Talvez pudesse unir os dois problemas que tinha para resolver em um só!*

"É preciso achar a pessoa certa para resolver o problema!"

— É isso!

— Hã? – exclamaram Clara e Bel.

— Nada não, desculpe!

— Viajando como sempre – riu Bel.

A mãe de Miguel era uma ótima costureira. Ela mesma disse isso uma vez! Ela tinha até algumas máquinas de costura que comprou quando casou, pois ela ia abrir uma confecção na comunidade com Zé Garoa. Elas estão encostadas lá, novinhas, sequer foram usadas!

Podia projetar uma roupa maneira... mas seria muito caro o material... ah, podia projetar umas bandanas, bem modernas! Podiam ser luminosas também!

Já sei, pensou Miguel. *Podia ter um lugar para encaixe de bastões luminosos. Isso, bastões luminosos! Zé Garoa adorava pescar peixe espada à noite e usava uns desses bastões nas suas boias de pescar. São tipo umas cápsulas compridas com um líquido dentro. Ao torcê-las, elas se trincam e o líquido fica fluorescente; dura a noite inteira. Lembro que umas eram verdes, outras amarelas. Tem que servir!*

Mas precisariam de dinheiro para comprar o tecido e os bastões. Ao menos seria mais barato do que as camisas. Mas sua mãe estava quebrada, como faria?

Ao ver sua dinda, teve uma ideia: ela podia ser sócia! Quem sabe? Ela dava o dinheiro e sua mãe trabalhava! *Vou contar logo pra ela!* Imediatamente lembrou do que Saragon lhe disse: era preciso testar exaustivamente a ideia, maturá-la e embelezá-la, antes de apresentar a alguém. E como fazer isso sem entender nada de roupa? *Mas espera um pouco! Entendo de computação e internet... vou pesquisar!*

Ao chegar em casa, assim o fez, e continuou por vários dias. Ficou semanas sem falar com Saragon.

Sua criação evoluiu: Miguel achou um esmalte que mudava de cor em contato com o sol. Usaria tinta similar para fazer uma faixa na bandana, assim teria um efeito surpresa. As pessoas adoram isso. Assim, teria efeitos especiais de dia (com o esmalte) e de noite (com os bastões especiais).

Miguel trabalhou arduamente, viu fotos e formatos de bandanas, levantou moldes para confeccioná-las, avaliou os custos, listou fornecedores, pensou em um preço de venda e até criou um miniplano de divulgação nas mídias sociais: criou um vídeo para divulgar a marca e até achou uma maneira de torná-lo viral; já tinha criado música e tudo. Tinha até achado nome e *slogan* legais para o produto: "Bandeça: Brasil na cabeça!"

Além de mencionar o local onde a bandana seria colocada, o nome e o *slogan* ilustravam a força da torcida, que levaria o Brasil na cabeça. Mostraria também a certeza dos brasileiros que a vestissem de que o Brasil seria hexacampeão.

Miguel fez até mesmo uma homenagem a Leônidas, desenhando um mascote parecido com ele, mas vestido feito um jogador da seleção e cabeceando uma bola de futebol.

Aquela tarde na ONG seria diferente. Com desenhos e planilhas nas mãos, foi apresentar a ideia primeiramente a sua dinda. Sabia que, visto o estado de sua mãe, precisaria de um aliado de peso para convencê-la.

Clara adorou a ideia! Tal como Miguel, viajou e já via seu produto vestindo milhares de cabeça!

— Miguel, amei a ideia, mas o projeto ainda não está pronto para ser executado.

Ela precisava contatar fornecedores, analisar melhor os custos e o preço sugerido do produto, enfim, preparar um plano de negócios e um planejamento estratégico que garantisse o sucesso do novo empreendimento (como disse Saragon, os benefícios gerados pelas vendas do produto precisam ser maiores que o investimento). Além disso, a mãe de Miguel sozinha jamais seria capaz de fabricar a quantidade necessária para massificar o conceito; seria necessário criar uma empresa, formar uma equipe. Precisaria ainda ter parcerias com locais que vendessem o produto em todo o Brasil. Tudo isso demandaria tempo.

Ao ouvir aquela frase, Miguel ficou desapontado. Tanto trabalho para nada. Ao perceber seu semblante, Clara tratou de explicar melhor:

— Miguel, não quis menosprezar o seu trabalho, muito menos dizer que não será feito. Você avançou muito, nossa! Jamais pensei que uma criança pudesse ser tão criativa e inteligente. No entanto, para que o produto tenha sucesso, é preciso estratégia. Não pode sair fazendo sem planejar direitinho e saber onde, quando e como alcançará seus objetivos, entendeu?

— Mas você promete que vai fazer?

Clara se viu em uma situação difícil. Não tinha certeza se o negócio seria viável técnica e financeiramente. No entanto, não resistiu àquele olhar de menino pidão. Se não fosse viável ela o faria ser!

— Sim, eu prometo! Faremos a Bandeça!

— Uhuuuu!

— Agora, Miguel, deixe-me trabalhar um pouco na ideia, por favor. Preciso me concentrar e focar. Conheço bem de negócios, mas não sei nada de costura. Precisarei muito da sua mãe. Quero conversar com ela o quanto antes.

Já passava das 16h quando Miguel deixou o escritório de Clara e foi ao encontro de Saragon.

— Olá, geminariano! Quanto tempo!

— Eu sei, Saragon, mas tenho tantas novidades que... – falava Miguel afoito, até ser interrompido.

— Calma, Miguel. Espera aí, assim será mais rápido. E tratou de ler suas memórias.

— Eu preferia contar...

— Eu sei, mas não temos tempo a perder, certo? Além disso, sempre esqueceria de contar alguma parte, que pode ser relevante para mim.

— Tá certo.

— Vejo que, além de avançar em suas habilidades psicomotoras, progrediu nos projetos que lhe confiei. Muito bom! Mas lembre-se de que agora é hora de trabalhar, de suar a camisa. Da ideia até a execução há muito trabalho a ser feito, certo?

— Sim, eu sei.

— Mas isso não tira o mérito de sua conquista! Parabéns! Temos muita coisa a aprender hoje, mas antes quero ensinar algumas maneiras diferentes de lutar, Miguel. Imagine que Leônidas e você são um só. Feche os olhos, concentre-se e sinta isso... agora diga: integrar!

Ao abrir os olhos, Miguel olhou para suas mãos, seu corpo. Ele era Leônidas, ou Leônidas era ele. Estava meio confuso. Tentou andar e caiu.

— Calma, devagar. Você precisa se habituar com seu "novo corpo".

— Como isso é possível?

— Essa é outra habilidade dos germinarianos. Você é capaz de se fundir a seu *Scutus*, integrando-se a ele durante as batalhas, como se fossem um só ser. Como havia dito, seu Leônidas faz parte de você e você dele. São como almas gêmeas, desde que vieram ao mundo.

— Que legal. Mas ele está aqui ainda?

— Sim, você pode falar com ele através da mente, como antes. A diferença é que a velocidade entre o pensamento e a ação se reduzirá drasticamente. Você se tornará mais rápido e mais forte.

— E por que não lutei assim antes?

— Porque precisava primeiro desenvolver suas habilidades assistindo a Leônidas lutar. Precisava entender bem como tudo seria feito. Além disso, há algumas coisas que deve saber quanto a essa nova forma de lutar.

— Coisas ruins?

— O fato de estarem unidos aguça seus sentidos. Assim, sentirá as dores de Leônidas de forma mais intensa e se ele for derrotado...

— Já entendi.

— A luta nessa forma é uma opção. Cabe a você optar por ela de acordo com a situação. Em alguns casos, você pode ajudar seu *Scutus* na luta quando estiver usando seu traje, pois terá acesso a alguns poderes como ficar invisível e usar armas magnéticas. Em outros, será melhor que lutem agrupados.

— E por que me ensinou isso justo agora?

— Porque você está diante de uma situação onde precisará lutar dessa forma. Do contrário seria inviável. Você está diante de um prédio abandonado. Dentro dele, paredes e mais paredes formam uma espécie de labirinto. Seguir Leônidas reduziria seu tempo de reação aos ataques, logo, suas chances de vitória.

— Agora entendi.

— E tem mais uma coisa: nessa missão você não irá sozinho. Jogue seu escudo no ar, Miguel, e diga: desagrupar.

— Desagrupar! – disse Miguel ao lançar seu escudo.

Seu escudo se parte em nove pedaços, que vão se transformando. Ao final, na Arena surgem nove *Scutus*, todos com aparência similar à de Leônidas.

— Essa é uma arma importante, Miguel. Sempre que estiver diante de um ataque massivo, onde muitos inimigos se apresentam, você pode se comunicar mentalmente com todos eles, afinal, todos são partes suas.

— Legal!

— Quero ensinar outra coisa. Concentre-se e diga: energia.

Assim ele fez e surgiu uma espécie de painel de espaçonave à sua frente.

— Agora aproxime o rosto do painel.

De repente, algo grudou em seu rosto e ele fechou os olhos. Ao abrir, notou que estava vestindo uma espécie de óculos. Agora, além do ambiente, podia ver o painel e um menu com diversas opções.

— Esses são os óculos multidimensionais dos agentes das galáxias. Você comanda o menu que está vendo com a mente. Ensinarei cada função, gradativamente. Por ora, quero que se concentre nesse painel. Ele tem vários indicadores, está vendo?

— Sim.

— Aqui, nesse canto, você encontrará o nível de sua energia vital. Toda vez que for atingido, ele diminuirá. Sempre que entrar no patamar amarelo, é preciso vencer a luta o quanto antes. No vermelho, seu estado é crítico. Ao clicar, pode ver o nível de seus comandados.

— Clicar?

— Isso, com a mente. Concentre-se.

— Consegui! Irado! Mas por que só tem quatro *Scutus* no nível verde e, mesmo assim, não está preenchido até o final? Todos os outros estão no amarelo, quase no vermelho.

— Lembra que falei sobre o significado do escudo? Ele reflete nove habilidades. As mais cheias são as que começamos a desenvolver: felicidade, inovação, protagonismo e autodesenvolvimento. Com o tempo, conforme aprender, elas ultrapassarão os níveis verdes. O verde ficará cada vez mais escuro e isso indicará energia extra.

— Como se fossem vidas no videogame?

— Acho que sim – esquivou-se Saragon.

— E o nível de Leônidas, por que está cheio? Não é a junção dos outros?

— Na verdade não. Seu nível reflete aquilo que você produz com as nove habilidades do escudo, além de sua força de vontade, fé, suas virtudes e equilíbrio. Os nove elementos somados estão aqui nesse outro painel. Eles funcionam como uma sobrevida, uma energia adicional.

— Mais vidas...

— Isso mesmo. Acho que terei que estudar melhor seus videogames para melhorar nossa comunicação – divertiu-se Saragon.

— Isso eu posso te ensinar.

— Combinado – disse Saragon, sem conseguir segurar sua risada. – Miguel, quero que reagrupe seus *Scutus*.

— Reagrupar!

O escudo estava novamente nas mãos de Miguel.

— Agora, deixe Leônidas. Separem-se. Você ficará um pouco z...

Miguel caiu por terra, antes que Saragon pudesse completar a palavra "zonzo".

— Não se preocupe, com o tempo essa sensação desaparecerá. Quero mostrar o seu traje.

Uma veste brilhante, azul celeste, surgiu no ar. Parecia um misto de colete e vestido.

— Vista-o.

— Assim?

— Exatamente. Agora pense que está invisível e ficará. Além disso, o traje tem inúmeras outras funções. Você pode até mesmo se comunicar fluentemente em outros idiomas, basta selecionar nesse menu nos óculos, está vendo?

— *Oui, oui.* – divertia-se Miguel, trocando o idioma para francês.

— Agora vamos focar, ok? – disse Saragon, contendo-se para não rir.

— Sim, desculpe.

— Você pode executar alguns golpes de seu *Scutus* quando usar o traje dentro da gaiola. Em vez do machado, usará as mãos para criar formas, por exemplo. Ao virar o braço, defendendo-se, o escudo surgirá. Porém, cada vez que usar esses recursos sua energia baixará, percebe? Ainda que não seja golpeado.

— Sim. Então posso colocar o Leônidas em modo automático e lutar junto com ele?

— Exatamente, conforme as especificidades de cada situação. Mas lembre-se de que seus poderes são limitados em relação aos de Leônidas. Quando ele luta sozinho, você fica protegido por uma espécie de escudo. Só é atingido quando um golpe for desferido contra ele. Caso algo o atinja, você não sentirá nada. Mas, se ligar o modo de batalha e lutar com seu traje, você estará tão sujeito aos ataques quanto ele, além de sentir o reflexo dos ataques que ele sofre em você. Entendeu bem?

— Sim, entendi. Então por que eu usaria esse modo?

— Por exemplo, se você estiver em uma investigação e tiver que adentrar um ambiente específico, sozinho, enquanto Leônidas retém os inimigos em modo autônomo.

— Agora entendi.

— Por último, antes de começarmos nossa aula de hoje, ainda que esteja sem o traje e fora da gaiola, você pode sempre contar com os recursos deste bracelete. Ele tem algumas funções. Dentre elas, amplia suas capacidades mentais, permitindo fazer ataques que desnorteiem seus inimigos, lançar raios do fogo azul germinariano em forma de raio, mina ou granada, que aniquilam os Ruínas, e projetar uma espada fumegante.

— Então, mesmo sem o traje, tenho como lutar com os Ruínas!?

— Isso mesmo, mas cada vez que usar o bracelete perderá energia. A perda demasiada de energia pode levar a sua aniquilação. No bracelete, tal como nos óculos, você pode observar o quanto de energia ainda tem, bem aqui, está vendo?

— Sim, estou.

— A propósito, raios de fogo similares aos que acabo de mencionar podem ser lançados através do machado de seu *Scutus*, sem, no entanto, afetar sua energia vital. Isso é útil quando precisar manter seus inimigos à distância.

— Maneiro!

— Por último, quero mostrar isso.

Uma forte luz azul invade o ambiente.

— Essa é a luz de Germinare. Ela é como um escudo e impede que os Ruínas se aproximem a mais de cem metros de você. Ela é emitida pelo traje ou pelo bracelete, mas também consome sua energia. É esta luz que está protegendo o *kit* de teletransporte nesse momento. Os Ruínas sabem onde ele está, mas não conseguem se aproximar dele.

— Então estarei seguro na caverna?

— Apenas quando estiver entrando nela o suficiente para que a luz possa cobri-lo. Ela não ultrapassa paredes, porém se propagará nos túneis apenas por aproximadamente cem metros. Até chegar nesse ponto, só poderá contar com seu bracelete e com as habilidades que está aprendendo. Além disso, ela o protegerá somente dos Ruínas...

— Há outros inimigos??

Saragon percebeu que havia falado demais. Lembrou-se do porta-memórias da mãe de Miguel que lhe foi mostrado assim que se conheceram... tratou de desconversar...

— Depois falamos sobre isso... é só uma suspeita. Mas quero falar outra coisa importante. Até esse momento, os Ruínas provavelmente desconhecem sua existência. Ao entrar na caverna, eles saberão que está vivo e atentarão contra você e contra os que ama. Será uma luta eterna! É preciso que esteja ciente disto.

— Então minha mãe, a dinda e Bel estarão em perigo?

— Sim, estarão. A menos que...

— O quê?

— Que carreguem consigo a essência Germinare. É um líquido que pode ser colocado em um frasco, tal como um pingente, deixando-as imune ao ataque dos Ruínas.

— Poderíamos colocar esse líquido na bandana, nos bastões?

— Sim – respondeu Saragon, um pouco sem graça por não ter pensado nisso antes.

— E continuariam mudando de cor?

— Com nossa tecnologia, esse será o menor dos problemas.

— Então preciso chegar a Germinare tão logo resgate o *kit*, certo?

— Exatamente. Precisaremos agir rápido.

— E se eu for atingido? Há alguma maneira de me reenergizar?

— Sim, há. A luz do sol, atrelada a pensamentos positivos, é capaz de fazê-lo. A velocidade da energização aumenta se isso for feito em contato com polos energéticos da natureza, tais como o mar, as matas e as rochas.

— Perfeito!

— Além disso...

Saragon, com os braços, puxa o solo debaixo de Leônidas, que cai no chão, desconcertado. Miguel sente as dores da queda, refletidas nele, e, sem entender, fica olhando Saragon, que ria sem parar. Teria enlouquecido? Ficou primeiramente com raiva, por vê-la rindo dele, mas em poucos segundos riam juntos.

— Sente mais alguma dor, Miguel? – disse Saragon, sorrindo.

— Não, não sinto... – respondeu Miguel, meio confuso.

— Pois é, essa é uma outra maneira de se energizar, Miguel: a alegria.

— E ela age ainda mais rapidamente que a meditação.

— Pois é! Imagine sempre coisas engraçadas, divertidas, diante de momentos difíceis. Seja após uma queda, frustração, medo ou estresse. Nesses momentos, pense em coisas que façam rir. Darei a você uma nova missão: todos os dias, além de meditar e pensar em coisas boas, conserve o bom humor e o otimismo. Tente pensar sempre em coisas positivas, engraçadas e divertidas o dia inteiro. Aproveite seu dia, sorria muito, para que seu bom humor seja constante.

— Gostei disso, mas por que isso cura?

— Sentimentos de felicidade energizam e curam através de substâncias fabricadas pelo seu próprio corpo. Elas bloqueiam o estresse e trazem essa sensação de bem-estar. Se fizer isso continuamente, ficará mais forte diante dos desafios que aparecerão. Se todo terráqueo praticasse isso, a convivência na Terra seria muito melhor. Por isso, multiplique esse conhecimento, Miguel.

— Mas se eu ficar rindo o tempo todo, vão me achar um bobão irresponsável, não?

— Bom humor e otimismo não são sinônimos de irresponsabilidade. Você deve conservar sua responsabilidade, mas ser feliz continuamente. E não deixe que tirem de você esse direito. Adultos têm a mania de censurar esse comportamento nas crianças. Vocês são naturalmente felizes, pois são otimistas e acham graça de tudo. Eles deviam reaprender a ser assim em vez de repreender, pois viveriam muito melhor. Agora vamos à aula de hoje: falaremos de liderança e estratégia. Desagrupe o escudo e prepare seu exército! Ops, na verdade, teremos que deixar para amanhã!

Subitamente, todo o ambiente foi desfeito. Clara batia à porta, chamando Miguel para ir embora. Já passavam das 19h. Ambos tinham perdido a hora. Agora era hora de ir para casa.

— Vai falar com ela hoje, dinda?

— Calma, Miguel, preciso maturar mais. Não se preocupe, tudo dará certo e terminaremos a tempo.

Confortado e ansioso, Miguel seguiu com sua dinda pelos becos da comunidade, pensando no que o futuro o reservava.

※

6. O Nascimento do Líder de Leônidas e sua Tropa

No dia seguinte, lá estava Miguel diante de Saragon.

— Saragon, desde ontem queria te contar sobre o Lucas. Ele já não me incomoda mais!

— Eu sei, Miguel. Li em suas memórias, parabéns. Jamais humilhe ninguém, Miguel, mas não se deixe humilhar!

O traje de Miguel descia no ar e ele o vestia, quando decidiu perguntar:

— Ontem você falou sobre as tecnologias e as armas, mas fiquei me perguntando: quais são as minhas habilidades, afinal? Digo, sem o traje, sem bracelete, sem nada.

— Você tem o dom da telepatia. Além de se comunicar com pessoas, animais e plantas, pode proferir ataques mentais. É como se você tivesse um codificador linguístico natural em seu cérebro. Se ouvir alguém falando um idioma por um longo período, é capaz de falar também. Se ouvisse uma melodia repetitivamente, seria capaz de reproduzi-la de ouvido. Além disso, você pode manipular percepções dos diversos sentidos humanos. Sua sopa rala, por exemplo, poderia ter tido gosto de bife com batata frita. Um dia você descobrirá que muitas mulheres da Terra dariam tudo para ter essa habilidade...

— O Lucas também daria... e só agora você me diz isso? Já não aguentava mais aquela sopa!

— O inconformismo é construtivo e faz parte de nossa essência. É saudável querermos sempre conquistar e vencer novos desafios. Jamais devemos nos acomodar. No entanto, deve ser sempre grato ao que tem,

Miguel, ou jamais será feliz. Esse é o maior erro dos terráqueos: sempre querem mais e mais, a qualquer custo, sem jamais serem gratos ao que têm e sem medirem as consequências de seus atos. Eles se entregam às ilusões da vida e vão adiando a felicidade para o dia em que tiverem isso ou aquilo. Sem perceber, seu inconformismo vai se transformando em ganância e insatisfação, e isso torna a felicidade um alvo inalcançável. Passam a vida inteira sem nunca encontrar a verdadeira felicidade, pois jamais julgaram ter o suficiente para tal.

— Como o Zé Garoa.

— Sim, e muitas outras pessoas. Vigie-se, Miguel: a busca contínua pela felicidade deve ser sua principal meta. Essa é sua maior proteção contra os Ruínas. Mas chega de bancar a mãe chata – divertiu-se Saragon.

Miguel sorriu, sem graça.

— Continuando... você também pode afetar seus outros sentidos e os de outras pessoas dando a sensação de frio ou calor, por exemplo. Com o tempo, será capaz, inclusive, de criar fogo e gelo com as mãos. Você também é capaz de dar golpes magnéticos concentrados, golpeando pessoas à distância. Pode ainda manipular objetos sem tocá-los.

— Nossa, Bel ficaria doidinha se visse isso!

— Miguel, você não deve expor seus dons "sobrenaturais" às pessoas da Terra. Elas não estão preparadas para isso ainda. Seja responsável! Posso confiar em você?

— Sim, foi mal...

— Sua força, agilidade e capacidade cerebral também são superiores aos dos terráqueos. Você não é capaz de voar, mas consegue saltar longas distâncias, por exemplo, sem se machucar. Além de correr muito rápido, é claro, mas não a ponto de ficar invisível; isso só usando o traje.

— Entendi.

— A propósito, quero mostrar algo que esqueci. O traje, que inclui os óculos que usou, pode se transformar na roupa que você quiser. Basta imaginar e pronto.

Saragon não se conteve de rir quando viu no que Miguel transformou seu traje. Ele estava de terno preto, camisa branca, gravata preta e óculos escuros.

— Não acha que essa roupa seria mais adequada ao ficar mais velho?

— É assim que se veste um agente secreto, não? – disse Miguel, mais afirmando do que indagando.

— Certo, pode se vestir assim se quiser!

— E quais são meus outros dons? – indagou Miguel empolgado, fazendo pose de galã de cinema, em seus novos trajes.

— Há mais coisas, mas prefiro que aprenda com o tempo. Esses dons são suficientes para que tenha êxito em sua missão de resgate ao *kit* de teletransporte.

— Ok! – contentou-se Miguel.

— Como sabe, até que tenha acesso ao seu traje, não poderá usar as habilidades aqui aprendidas, a não ser suas próprias e as do bracelete. Por esta razão, sua prioridade será achar seu traje na caverna, antes mesmo de tentar resgatar o *kit* de teletransporte. Do contrário, você não terá a menor chance de êxito. Além de ampliar seus "poderes" naturais, nossas tecnologias dão acesso a armas essenciais no combate aos Ruínas.

— E como aprendo a dominar esses dons? Como você disse, precisarei deles para achar o traje...

— Praticando, como tudo na vida. Já entendi o que você quer. Esse simulador vai ajudá-lo. Você o aciona nesse botão, está vendo?

— Sim, estou.

— Você deve usar esse simulador sem o traje. Usará apenas o bracelete, mas desabilitará suas funções de luta, ok? Aos poucos você vai aprender a controlar e aumentar seus "poderes"; suas habilidades de ataque e defesa.

— Isso mesmo que eu queria, valeu.

— Agora vamos ao treinamento de hoje: chame Leônidas, integre-se a ele, desagrupe seu escudo e prepare-se para a batalha!

— Pronto.

A Arena instalou-se, mas de forma diferente. O ambiente beirava a penumbra e havia névoa no ar. À sua frente, um prédio abandonado com uns dez andares. No lugar de portas e janelas, buracos. Era um cenário de destruição.

— Lembre-se de que, através da mente, você tem acesso a tudo o que seus nove liderados fazem, mesmo sem ter contato visual. Caso precise, você também pode ver através de seus olhos, como se fossem câmeras.

— Certo!

— Sua missão é resgatar uma boneca no último andar do prédio. Agora, antes de entrar...

Era tarde demais. Miguel partiu segundos antes para experimentar o novo ambiente de batalha e seus novos poderes. Em menos de dez segundos, voltou desanimado.

— E aí?

— Aí que não entendi nada! Não recebi nenhum golpe e fiquei desnorteado. O escudo voltou e...

— Eu tentei avisar... já dizia o antigo provérbio terráqueo: "a força de uma corrente é igual a força de seu elo mais fraco". Ao desagrupar, o que vale é a força do seu liderado com menor energia vital. Um deles foi atingido por uma rajada magnética e você sequer percebeu. Como sua energia vital já estava no vermelho, ele se reagrupa automaticamente para evitar a destruição, e você sente o impacto, é claro.

— Que rajada foi essa?

— É como se fossem tiros que saem das mãos dos Ruínas. Geralmente esse mecanismo é usado por Ruínas menos graduados.

— E como percebo os tiros?

— Precisa se concentrar. Você os visualizará como uma espécie de luz vermelha. Mas, antes de tudo, você deve entender algo: você é um líder! Não pode sair por aí arriscando os seus liderados, feito um tolo, sem sequer ter planejado o ataque e sem ter atribuído, individualmente, a função de cada um deles.

— Mas eles foram entrando...

— Claro, você entrou e não deu nenhuma missão específica. Daí foram agindo por instinto, assim como você. Agir só por instinto leva ao fracasso. É preciso estratégia em qualquer tipo de combate e em nossos projetos de vida. Por exemplo, você precisará de estratégia para garantir que as bandanas vendam massivamente.

— As Bandeças! – completou Miguel, dando a entender que sua criação merecia um mínimo de respeito por parte de Saragon.

— Sim, as Bandeças, desculpe-me. Você sabe qual é a verdadeira função de um líder, Miguel?

— Ser chefe!

— Negativo! Sua função é servir e conduzir a equipe! Preste bastante atenção, pois hoje falaremos simultaneamente de duas características importantes do escudo: a liderança e a estratégia. Vamos relembrar o primeiro conceito.

Uma frase é projetada no ar:

A liderança é a capacidade de inspirar, desenvolver e conduzir pessoas, tirando o melhor de cada um, rumo a um objetivo comum.

— Mas não fala nada em servir...

— Não, isso está implícito.

— Está o quê?

— Servir faz parte da frase, mesmo que não tenha sido escrito. Sua missão é garantir que um objetivo seja atingido. Para isso, precisará inicialmente dar o exemplo, inspirar. Isso pressupõe que...

— Hum...

— Que, antes de ser um líder de alguém, você deve liderar a si mesmo.

— E como faço isso?

— Precisa liderar a si mesmo em suas conquistas, seja em batalhas, na vida pessoal e, futuramente, profissional. Afinal, como liderar outras pessoas se você não é capaz de liderar sua própria vida? Vejamos algumas outras coisas a considerar:

- ✓ Como estão suas atitudes e posturas?
- ✓ Você se conhece bem? Sabe seus pontos fortes e os a aperfeiçoar? A afobação seria um de seus pontos fracos, não?
- ✓ Como você tem se aperfeiçoado?
- ✓ O que as pessoas que o cercam acham de você? Isso pode dizer muito mais sobre você do que aquilo que você mesmo acha. Talvez a imagem que você quer passar esteja sendo percebida ao contrário.

✓ Você costuma planejar suas ações ou agir por impulso, atropelando o raciocínio lógico e deixando-se conduzir apenas pelas emoções?

— Hum...

— Falaremos sobre isso com calma e você levará anos para ser um bom líder de si mesmo e depois dos outros... mas deu para começar a entender?

— Sim, estou começando a entender a importância disso.

— Uma vez que seja um líder de si próprio, deve conduzir seus liderados: deverá fornecer a eles os recursos de que necessitam para tal missão (servindo-os). Por exemplo: treinamento e um plano de ataque bem feito. Finalmente, você deve traçar uma estratégia, que deve ser compreendida por todos, que, por sua vez, devem ter a capacidade de executá-la. Para isso, precisa saber quais habilidades cada um possui, além de orientar sobre como executar a função que melhor couber a cada um, de acordo com suas habilidades e qualidades. Você deve "tirar" o melhor deles, além de aperfeiçoar suas habilidades e características.

— Mas meus liderados são todos iguais. São cópias do Leônidas!

— É mesmo? Então por que será que seus níveis de energia vital são diferentes?

— É mesmo! Apenas quatro deles estão no nível verde de energia. E, se um for eliminado, perco os nove de uma vez.

— Quem deve estar mais exposto a ataques? Os que têm mais ou menos energia disponível?

— Os que têm mais!

— Exatamente. E quanto aos outros?

— Eu podia usar cada um deles como *snipers*!

— Sim, alguns podem ser atiradores de elite, outros podem ter outra posição estratégica. Você tem jogado videogames demais, não, menino?

— Um pouquinho – divertiu-se Miguel.

— E quanto a você e Leônidas?

— Lideraremos o ataque, tomaremos a frente da batalha.

— Certo, e como entrarão no local?

— Bom, melhor irmos de dois em dois, assim um protege o outro, eu acho. Eu podia camuflá-los também, criando algumas formas. E criar outras para que se protegessem, além dos escudos que portam.

— Está vendo? Você está criando uma estratégia para a abordagem!

— Legal!

— Agora vamos relembrar o segundo conceito: estratégia.

> *É a maneira como planejamos, organizamos e tomamos decisões, sozinhos ou com nosso time, que nos permitem trilhar o melhor caminho para atingir o nosso objetivo.*

Saragon continua:

— Os dois conceitos, liderança e estratégia, devem estar unidos, percebe?

— Sim.

— Para adentrar a caverna em busca do *kit* de teletransporte, por exemplo, teremos que traçar juntos uma estratégia que garanta êxito em sua missão. Tudo deve ser muito bem planejado.

— É mais difícil do que eu pensava!

— Não é não, você aprenderá rápido e se divertindo na Arena. Aqui você pode errar à vontade. A cada erro, adquirirá um novo aprendizado. Veja nesse menu: você tem acesso a nossa biblioteca virtual. Quero que leia este livro aqui. Ele aborda as estratégias militares dos Agentes das Galáxias. Você precisará disso para planejar as abordagens com sabedoria. Não se preocupe em aprender tudo, deixe isso para a Academia. Eu estarei aqui para orientá-lo o tempo todo.

— Legal!

— Antes de você começar a leitura, quero falar um pouquinho de estratégia e inovação, para que entenda bem a importância dessas características, ok?

— Sim.

— Novamente: não se preocupe em aprender tudo agora. Você levará anos na Academia aprendendo, mas, como em tudo na vida, é preciso começar. Então, vamos lá!

— Ok!

— Primeiramente, precisa entender qual o nosso princípio: a liderança deve ser vencedora, ética e equilibrada. Como pode conduzir alguém ao sucesso se você mesmo não é um vencedor? Além disso, como já disse, se não for de forma ética, agindo através do bem, jamais terá vitórias verdadeiras. Finalmente, para tomar boas decisões, traçar estratégias e liderar, é preciso que esteja equilibrado (corpo, mente e alma), lembra?

— Sim.

— Observe um grupo de crianças brincando em uma partida de futebol e verá que ao menos uma se destaca e é seguida pelas outras. Quer ela saiba ou não, foi eleita líder; salvo se ela for a dona da bola, claro! – divertiu-se Saragon.

— Eleita?

— Exatamente. Eleita líder. Todos os que não são eleitos pelos liderados mais cedo ou mais tarde são depostos.

— Como o que aconteceu com Lucas...

— E com tantos outros... veja.

Uma projeção se inicia. Eles estão na frente de um enorme palácio. As pessoas parecem revoltadas.

— Isso é a França, centenas de anos atrás. O povo passava fome, enquanto os reis se fartavam e viviam do luxo, por isso a revolta.

— Eles estão invadindo o palácio!

— Exatamente – e no fim, o rei Luís XVI e sua esposa, Maria Antonieta, antigos líderes da família real francesa, serão depostos por seus súditos. Eles não os escolheram. O poder, na monarquia absolutista, se restringia à família real.

— Por isso foram expulsos.

— Sim, mas é preciso tirarmos ao menos outra lição. Os liderados não são escravos dos líderes, apenas estão sendo conduzidos em uma missão. Injustiças, atitudes ilícitas e explorações não são toleradas pelos liderados.

— Não é melhor fazer sozinho?

— Engana-se, Miguel. Pelo contrário: não queira resolver tudo sozinho. Responsabilize seus liderados e conduza-os rumo à vitória!

— Entendido!

— Agora vamos falar um pouquinho de estratégia, ok?

— Sim.

— Algumas perguntas básicas precisam ser respondidas, para que possamos traçar uma estratégia:

- ✓ Quem somos (eu e minha equipe)?
- ✓ Aonde queremos chegar?
- ✓ Onde estamos agora?
- ✓ Como chegaremos onde queremos ir?

Saragon continua:

— Simples, não?

— Sim, não parece complicado.

— Qualquer coisa que você faça, por mais simples que pareça, deve ser feito com estratégia. Do contrário, você ficará como um barco à deriva no mar, jogado à sorte, sem saber exatamente que rumo tomará. Pode até ser que chegue no lugar certo, por sorte, mas tem grande risco de fracassar.

— E se algo diferente do que planejei acontecer?

— Ótima pergunta. Estratégias não são definitivas, podem precisar ser revistas.

— E se for dentro da batalha e precisar fazer isso muito rápido?

— Para isso estamos aqui. Você aprenderá a agir estrategicamente sem que perceba, mesmo sob pressão.

— Ah, agora sim!

— Gostaria que se dedicasse à leitura do livro. Daí vamos interagindo e você praticará exaustivamente aqui na Arena, nesse e em outros ambientes que selecionei para o seu treinamento. Combinado?

— Sim!

— Assim que terminar, começaremos a definir juntos sua missão de resgate ao *kit* de teletransporte. Não tenha pressa, seu treinamento aqui vai levar tempo. Não importa o quanto demore, o fundamental é não falhar na missão. Não teremos uma segunda chance!

7. O Mistério de Lúcius

Miguel devorou o livro de táticas militares e treinou exaustivamente na Arena por meses. Depois disso teve aulas e mais aulas; só parou mesmo para curtir o Natal e o carnaval. Nem notou e o mês de abril já havia chegado; o início da Copa do Mundo estava próximo. E lá estava Miguel, prestes a ter o último contato com Saragon antes de sua missão.

Depois de muito trabalho e dedicação de todos, as Bandeças estavam prontas. Além delas, criaram um outro acessório, similar, que seria usado para revestir os retrovisores dos carros, deixando-os no clima da Copa. Ele contaria com os mesmos artefatos luminosos da bandana.

Criaram também um *slogan* para o novo acessório:

Olha pelo retrovisor!

Além de levar o Brasil na cabeça, os torcedores seriam incentivados a ver os adversários pelo retrovisor. Eles certamente ficariam todos para trás, conforme a seleção avançasse, na sua sequência de jogos rumo à taça; ao menos essa era a expectativa da torcida canarinha.

Decidiram não dar nome ao novo acessório para não confundir o público em relação ao produto principal: as Bandeças.

O interesse pelos acessórios criados foi instantâneo. Sem que se dessem conta, em poucos meses tinham parcerias em todo o Brasil. Foram produzidos milhares e milhares de acessórios, que seriam distribuídos em breve às parceiras. Tudo estava pronto, exceto pelo líquido fluorescente a ser colocado nos bastões. Eles tinham comprado os bastões plásticos e contratado uma empresa para preenchê-los com o líquido. Miguel, no entanto, convenceu sua dinda a esperar um pouco, pois tinha conseguido um fornecedor que produziria o líquido por um preço imbatível. O líquido era muito mais estratégico do que ela podia imaginar. Clara concordou, mas se o líquido não chegasse até a próxima semana, ela usaria outro fornecedor que já tinha selecionado.

Clara tirou um empréstimo no banco e estava apostando todas as fichas no sucesso do empreendimento, porém alguns acontecimentos recentes vinculados a preocupavam. Segundo o contrato assinado com os parceiros, eles poderiam devolver uma parte do material caso não o vendessem. Essa estratégia foi essencial para garantir que os produtos se espalhassem rapidamente por lojas em todo o Brasil; todavia, um número elevado de devoluções poderia resultar em um prejuízo considerável, pois eles ficariam com um estoque encalhado. O risco disso acontecer era mínimo inicialmente, mas havia aumentado consideravelmente porque dúvidas surgiam em relação ao sucesso da Copa no Brasil.

O futebol é a grande paixão nacional, mas começaram a surgir dúvidas sobre se os brasileiros se motivariam a torcer pela seleção, como sempre fizeram, o que poderia impactar diretamente na venda das Bandeças e dos *kits* para retrovisores. Claro que esse risco foi previsto no plano de negócios: na pior das hipóteses, os acessórios poderiam voltar a ser vendidos durante os Jogos Olímpicos que em breve ocorreriam no Rio de Janeiro. Mas, dados alguns acontecimentos recentes, já escutavam-se até mesmo boatos de que poderiam cancelar a realização desse evento no Brasil, dependendo do que ocorresse.

A Copa do Mundo tornou-se o assunto do momento, não se falava em outra coisa no Brasil, mas o clima estava tenso. Havia muitos protestos em andamento. No começo eles eram pacíficos e mostravam a união da população, ávida por transformações benéficas para o país. Subitamente, tudo mudou: os clamores por um futuro melhor para a população foram dando lugar à banalização do discurso do ódio, à desordem e à violência. Muitos estavam assustados. Um clima de apreensão foi surgindo. Lojas invadidas e saqueadas ilustravam a consequência de muito quebra-quebra e pancadaria, que se tornaram cada vez mais frequentes.

Enquanto os governantes procuravam culpados na Terra, Saragon e Miguel tinham uma suspeita extraterrestre: os Ruínas poderiam estar por trás daquilo tudo; será que o vírus estava finalmente sendo testado?

Não havia mais tempo a perder, era necessário agir!

Miguel se julgava apto para a missão, havia treinado e discutido a estratégia exaustivamente com Saragon – ou melhor, com seu holograma. No entanto, no fundo ambos se preocupavam com o sucesso da missão. Ele teve pouco tempo para treinar e era apenas um menino. Embora houvesse riscos, havia chegado a hora de colocar o plano em prática.

— Miguel, o tempo passou rápido, não é mesmo?

— Sim, Saragon, não vejo a hora de encarar o meu destino!

— Que a luz de Germinare o guarde!

A feição de Saragon transparecia que estava bastante aflita.

Sua missão deveria ser cumprida no Parque Nacional de Itatiaia. Trata-se de uma magnífica e gigantesca área de proteção ambiental localizada na Serra da Mantiqueira, que abrange municípios do Rio de Janeiro e de Minas Gerais. Miguel já havia estado lá uma vez com Clara e Bel. O palco de sua futura aventura era belíssimo, onde a natureza predominava; no entanto, dessa vez o lugar escondia inúmeros perigos. Lá ficava a caverna secreta onde seus pais deixaram o *kit* de teletransporte.

Miguel havia convencido Clara de que ela precisava relaxar após tanto trabalho duro. Com muito custo, ela aceitou. A ideia de ir a Itatiaia a seduziu. Uma caminhada pelas belas trilhas do parque e um banho de cachoeira eram justamente o que precisava para repor suas energias.

Aconselhada por Miguel, Clara reservou um hotel que fica no alto do parque. Nele havia lindos chalés à moda antiga, e que tinham até mesmo lareiras. Mal sabia ela que Miguel estava mesmo preocupado com outros aspectos: a vista panorâmica do local, que usaria a seu favor em caso de ataque dos Ruínas e com a proximidade da trilha que dava acesso à cachoeira.

Segundo o mapa deixado por seus pais, o *kit* estava localizado no fundo de uma enorme caverna, com mais de três quilômetros de extensão, quatro "andares" e um desnível de mais de trezentos metros, cuja entrada encontrava-se escondida por trás da cachoeira Véu da Noiva. Apenas um germinariano poderia acessar o local munido da chave certa – na verdade, do miniescudo germinariano certo.

O mapa foi cuidadosamente estudado por Saragon e Miguel. Conforme costume dos germinarianos, um traje de emergência estava camuflado logo nas primeiras centenas de metros da caverna. A primeira missão seria resgatá-lo e depois adentrar, estrategicamente, na caverna em busca do *kit*.

— Miguel, lembra que discutimos as táticas a usar contra os Ruínas, certo? Mas há algo mais com o que você deve se preocupar.

— Algo mais?

— Sim. Lembra de quando nos conhecemos, quase um ano atrás?

— Sim, como esquecer? – divertiu-se Miguel.

— Acontece que, naquela época, você ficou muito curioso com um objeto: o porta-memórias de sua mãe.

Miguel já nem se lembrava do item, mas agora o artefato lhe veio à mente.

— Sim, e você não quis me contar, pois não era a hora...

— Exatamente. Na época, eu não te contei tudo o que vi. É fato que apenas o Conselho de Justiça de Germinare pode ler os dados do artefato. Mas havia algumas coisas escritas nele, em uma espécie de etiqueta inteligente, que prontamente identifiquei.

— E o que dizia?

— Bom, não podemos tomar conclusões precipitadas, mas tudo indica que a memória de sua mãe, armazenada no objeto, é a prova cabal de que há um traidor entre nós!

— Você não disse que os habitantes maus foram todos expulsos?

— Sim, ao menos achávamos isso. Enfim... é possível que tenha que lutar com um germinariano em sua missão. Quero que tome muito cuidado.

— Mas você me treinou. Estou pronto!

— Não é tão simples. Um germinariano adulto possui muito mais poderes do que você. E provavelmente não estamos falando de um germinariano qualquer, mas de um exímio guerreiro e cientista, um dos melhores de nosso povo.

— Agora você está me preocupando... você sabe quem ele é?

— Acredito que sim. É Lúcius, Miguel... seu pai!

— Meu pai? Mas você disse que...

— Seu pai era um de nossos melhores agentes. Um guerreiro e cientista sem igual. Sua integridade era inquestionável, mas sua mãe é clara em seus dizeres. O rótulo do porta-memórias diz:

> Ao encontrar este artefato, leve-o imediatamente ao conhecimento do Conselho e tome cuidado, temos um traidor entre nós. Por mais duro que seja para mim admitir, seu nome é Lúcius, meu ex-marido – agora, um General Ruína!

Saragon prossegue:

— Li e reli isso centenas de vezes. Analisei os traços gráficos e genéticos da escrita. Não há dúvidas, foi mesmo sua mãe que o escreveu. Tudo indica que, quando te deixou aos cuidados de sua mãe terrestre, ela estava sendo perseguida por Lúcius.

— E minha mãe está...

— Não sei o que houve com sua mãe, mas tudo indica que o pior pode ter ocorrido, do contrário teria ido te buscar ou teria nos contatado. Além do mais, não sabemos o que levou seu pai a agir assim. Talvez tenha sido contaminado pelo vírus...

Miguel parecia desolado. Não esperava por uma notícia devastadora como essa.

— Miguel, tudo indica que seu pai desativou o *kit* de teletransporte de propósito, para evitar que enviássemos tropas à Terra que pudessem deter os Ruínas. Sei que está chocado, mas é preciso reagir, Miguel. Sua mãe, aquela que te criou, depende de você agora, assim como aqueles que você ama.

— E por que me contou isso agora, Saragon?

— Porque pode ser que tenha que enfrentar seu próprio pai nessa missão. Ao adentrar a caverna você será percebido, lembra? Mais que isso: pode ser que ele mesmo tenha plantado algumas armadilhas no local.

— Se o encontrar eu vou...

— Você vai fugir. Apenas isso, Miguel. Não cultive o ódio em seu coração ou ele será usado contra você pelos Ruínas!

— Mas e o que ele fez com a minha mãe? A minha mãe de verdade...

— Nem eu nem você sabemos, Miguel. Por enquanto são apenas suposições. Cumpra sua missão e enviaremos tropas. Prometo-lhe que ele pagará pelos crimes que cometeu!

Miguel estava chocado. Ele era o filho de um traidor! Mas, ao ouvir as palavras de Saragon, retomou suas forças. Ele o faria pagar, ainda que fosse seu próprio pai.

— Saragon, não serei tratado em Germinare como um traidor! Limparei o nome de nossa família, pode acreditar!

— Você jamais será julgado por algo que não fez, Miguel. Cada qual responde apenas pelas consequências de seus próprios atos. Não deve se envergonhar dos erros alheios. Agora tente se acalmar. Logo chegará o final de semana e você deve agir.

— Ok.

— Até o final de semana, quero que você medite diariamente e relaxe. Não pratique mais. O que era para aprender já foi aprendido. Agora quero que relaxe, equilibre-se e prepare-se para a missão!

8. Missão Cavernas Secretas

Os dias passaram lentamente. Além de ansioso, Miguel não conseguia tirar da cabeça a traição de seu pai. Como pôde fazer aquilo? Aliar-se com os inimigos? O que o teria feito agir assim?

Tais pensamentos só cessaram ao chegar no parque. Desde que lá pisou, estava totalmente concentrado em sua missão. Chegaram à noitinha de sexta-feira, pois Clara queria curtir todo o final de semana. Estava uma noite fria, mas o céu estava claro. Previa-se uma manhã ensolarada no dia seguinte.

Miguel passou a noite preparando sua mochila com seus diversos apetrechos germinarianos e alguns acessórios para sobrevivência na mata, caso fosse necessário. Tinha sido exaustivamente instruído por Saragon a esse respeito. Por falar nela, agora estava sozinho. Ela só o ajudaria a comandar o *kit* de teletransporte. Até lá, deveria se virar por conta própria.

Era antes das seis da manhã e Miguel já se aproximava da cachoeira. Havia superado a trilha de acesso sem grandes dificuldades. Encontrou algumas pedras escorregadias pelo caminho, nada mais. O silêncio que até estão imperava dava lugar ao som da queda d'agua.

A cachoeira era linda. Ao tocar na água, percebeu que não tinha dado a atenção necessária a essa questão; estava gelada como nunca imaginou. Trouxe apenas uma capa de chuva, mas ela não era um bom isolante térmico. Após vesti-la, embrenhou-se por entre as pedras e posicionou-se dentro da queda, que era forte. A força da água sobre suas costas e cabeça era tamanha que não conseguia achar a pedra. Após muita insistência, lá estava ela. Aquilo que procurava no alto estava a menos de trinta centímetros do solo: uma cavidade, no formato de uma concha, onde se encaixava perfeitamente um de seus miniescudos.

Encaixou-o e nada. *Será que estava com defeito?*, pensou. Nada acontecia. Claro! Havia esquecido algo, como pôde ser tão tolo? Era preciso mentalizar a abertura da passagem. Assim o fez e uma fenda começou a se abrir lentamente; juntamente com ela, uma imensa dor de cabeça tomava conta dele. Devia ser alguma artimanha dos Ruínas. Não conseguiu manter a concentração e a entrada se fechou. O que fazer?

Fechou os olhos, concentrou-se. Amanhecia. Imaginou estar recebendo dos raios de sol uma energia quase infinita. Concentrou-se mais uma vez e conseguiu abrir um pouco mais a entrada. A dor de cabeça persistia, mas pôde controlá-la. No entanto, não conseguia nada mais que aquela pequena abertura, de uns cinquenta centímetros; teria que servir. Enfiou primeiro a mochila, espremeu-se e passou pela fenda até cair dentro d'agua e ouvir ecoar o estrondo da passagem que se fechou.

Aos poucos seus olhos foram se acostumando ao ambiente, que era lindo! Estava diante de um enorme salão onde se formava uma espécie de lago cujo fundo emitia uma intensa luz azul que iluminava o lugar. Sequer era preciso acionar a luz de seu bracelete. O teto refletia a água, dando uma sensação de algo mágico. O alagadiço parecia que permaneceria por mais uns cinquenta metros, onde avistava uma margem. Ao menos o local era relativamente raso, a água estava pouco abaixo de seu peito.

Lenta e cuidadosamente, foi caminhando pela água até a margem. Quando estava prestes a acessar a parte seca da caverna, foi atingido por um forte vento gelado que o jogou contra a parede. Imediatamente algo prendeu seus braços e suas pernas e, antes que pudesse pensar, foi jogado com força na água.

Pensou que ia se afogar quando percebeu que estava sobre uma espécie de trenó, que passou pelo fundo da caverna e descia descontrolado sobre trilhos. Pensou em frear e viu a velocidade do trenó diminuir. Ótimo, poderia controlar a velocidade com a mente. Pena só ter percebido isso diante de uma enorme curva, na qual entrou em alta velocidade, e lá se foi sua mochila; ainda bem que, por precaução, havia colocado seus pertences germinarianos nos bolsos com fecho da bermuda.

— Uooooou!

Controlou a velocidade e em poucos instantes o trenó parou diante de uma nova sala escura, no patamar inferior. Prontamente lembrou-se:

aquele devia ser o sugador de acesso de que o mapa falava. Realmente, se sentiu sugado!

Seus braços se soltaram do trenó e notou que estava diante de um novo salão, agora cheio de afiadas estalactites no teto. Preocupou-se com elas: será que cairiam sobre sua cabeça?

Adentrou cuidadosamente o local, graças à lanterna de seu bracelete, até que parou diante de um novo salão, de onde bifurcavam cinco caminhos diferentes. Por onde ir? O mapa não falava de nada disso. Escolheu uma das passagens e marcou na porta, para o caso de ter que voltar.

O ambiente era ainda mais escuro. Ao final, deu de cara com um imenso paredão. Examinou em detalhes e não achou nenhuma fenda para encaixar um de seus miniescudos.

Voltou ao salão e o mesmo aconteceu com mais duas passagens: deu de cara com a parede. Na quarta tentativa, porém, aquilo que provocaria pânico em muitos foi sua salvação. Encontrou uma imensa aranha no paredão. Ao comunicar-se telepaticamente com ela, teve a sensação de que a aranha pediu para segui-la, voltando ao caminho de onde tinha acabado de vir. No meio do trajeto, ela subiu pela parede e parou sobre uma fenda na pedra.

Agradeceu o auxílio e tratou de encaixar seu miniescudo. Uma porta se abriu, dessa vez sem dificuldade. Foi percorrendo aquele imenso túnel de pedra verde quando ouviu um barulho, que foi aumentando. Pensou em correr, mas não deu tempo. Morcegos e mais morcegos deixavam o local. Retomou-se do susto e prontamente lembrou de uma das lições de Saragon. Ele precisava ler o ambiente: se de lá morcegos saíam assustados...

— Ruína!

Um soldado Ruína aproximou-se correndo e o jogou longe com um golpe. Com seu bracelete, Miguel disparou alguns tiros e ele desapareceu. Teria sido atingido pelos disparos?

Concentrou-se e ficou parado. Sentiu um sutil golpe de ar e abaixou-se. A espada do Ruínas passou poucos centímetros acima de sua cabeça, cortando a rocha; e novamente o Ruína desapareceu na escuridão.

Desligou a lanterna do bracelete e abaixou-se, tocando o chão, concentrando-se e criando uma camada de gelo sobre o chão. Correu alguns metros adiante e fez o mesmo, até quase o local de origem, quando voltou a acionar a lanterna e aguardou. Não tardou e viu o Ruína escorregando e caindo no solo, desconcertado, bem à sua frente. Prontamente atravessou-o com a sua espada e o viu incendiar.

Apressou-se pelo corredor. Com certeza outros Ruínas surgiriam. Deparou com o armário onde ficava o traje biônico de emergência. Agora poderia lutar de igual para igual! Ao tocar na porta, ouviu um barulho. Dessa vez teve mais sorte e acertou o Ruína bem em cheio com seu disparo. Vendo-o explodir no ar, viu que muitos outros se aproximavam. Abriu a porta e nada!

O traje havia desaparecido!

Só restava correr, e muito. Rapidamente o fez, dando alguns disparos esporádicos para trás até que caiu em um enorme buraco.

— Uooooooooou!

Foi escorregando feito em um tobogã gigante e caiu na água, mas dessa vez era fundo! Nadou rapidamente e voltou à superfície. Sua cabeça quase batia no teto do local. Da água emanava uma luz azul, como no início de sua aventura na caverna.

Ao menos os Ruínas não o seguiram! Aparentemente não havia saída. Esse devia ser o tanque a que o mapa se referia. Prendeu a respiração e desceu o mais fundo que pôde, procurando vestígios de pontos de encaixe de seus miniescudos.

Desceu uma vez, nada; duas, nada; dez e nada... já estava exausto. O nível da água parecia subir até que avistou sua salvação. Era um peixe estranho, tipo um bagre pré-histórico. Ao tentar se comunicar com ele, viu-o transformar-se. Um Ruína segurava forte seu pescoço.

Estendeu a mão para frente e deixou a lâmina sair do bracelete, que prontamente penetrou o Ruína, que se desfez na sua frente. Agora tinha chegado ao limite de sua exaustão. Nadava para manter a cabeça fora d'água. Não via saída até que pensou: *vou nadar na direção de onde veio o Peixe-Ruína*.

Assim ele fez, até que viu algo brilhar no fundo – na verdade, três coisas. Eram douradas, como se fossem moedas de ouro. Eram porta-trajes! Saragon havia falado que no quarto nível estariam os *kits* de sua família! Era meio louco, mas primeiro devia acessar o quarto nível para então chegar ao terceiro, onde ficava o laboratório.

Com o pouco de fôlego que restava, abriu o primeiro compartimento e nada!

O mesmo ocorreu com o segundo. Abriu o terceiro sem esperança e finalmente o achou. No entanto, mal teve forças para vesti-lo. Começou a ficar tonto e... tudo escureceu.

O breu foi substituído aos poucos por uma luz azul que impregnava o ambiente. Deitado, Miguel tossia e vomitava.

A luz era diferente, parecia a luz de Germinare! *Será que morri?*, pensou. *Mas será que vomitaria morto?*

Sentiu um ar quente no rosto: era o bafo de Leônidas, que o olhava de perto. Jamais pensou que amaria tanto sentir o bafo de alguém.

Ele o havia deitado sobre uma pedra, em um local semialagado assim que desfaleceu. Assim que o traje biônico sentiu que suas energias vitais estavam baixas, acionou Leônidas no modo autônomo, que o resgatou.

— Estamos no terceiro estágio?

Leônidas fez que sim com a cabeça.

Miguel não tinha mais forças, até que Leônidas estendeu-lhe as patas, de onde uma luz saiu, que aos poucos foi confortando Miguel.

Mal se refez, já se levantou, partindo em busca do *kit* de teletransporte. O local parecia imenso e era o mais alto de todos, o teto estava a uns vinte metros de altura. Após caminhar por algumas centenas de metros pelo alagadiço, finalmente encontrou o laboratório.

Tratou de acionar Saragon. Sua aparição ocorreu de forma diferente. Ela foi projetada em um pequeno holograma, de uns vinte centímetros, que surgia sobre o seu bracelete, tal como disse que ocorreria. Ela nem sequer o parabenizou pelo seu feito!

— Vamos, Miguel, é preciso agir rápido! Encaixe o primeiro miniescudo aqui e os demais ali!

Ele tratou de obedecer, deixando Leônidas na porta do laboratório vigiando, onde armou a gaiola. Do local, viam-se quatro bifurcações, uma delas foi por onde eles vieram, as outras desconheciam. Era preciso estar atento, ainda que estivessem sob a proteção da luz de Germinare.

— Estamos quase lá, Miguel! Agora acione esse menu, e mais esse. Perfeito. O sistema está iniciando. Em menos de cinco minutos você será teletransportado a Germinare, juntamente com o *kit* de teletransporte, que se transformará em uma maleta. Precisamos retirar o *kit* daqui! Segure a maleta bem firme no trajeto. Não importa o que aconteça, não a solte! Do contrário, você e ela se perderão nas dimensões por onde passará, ok?

— Ok!

Miguel caiu por terra. Sentia uma dor insuportável na barriga. Leônidas havia sido atingido, mas como?

Disparos. Havia Ruínas nas entradas dos quatro corredores diante deles. Estavam cobertos por uma luz negra, que parecia anular os efeitos da luz de Germinare.

— Integrar! Desagrupar!

Rapidamente, Miguel criou uma escada e um imenso corredor, com janelas pequenas, onde posicionou seus *snipers*. Os demais ficaram atrás de barreiras, que também criou.

Seus inimigos eram destruídos um após o outro, seja por baixo ou por cima. Só era preciso resistir um pouco mais, faltavam menos de dois minutos, até que uma voz passou a ecoar pelos corredores após o cessar-fogo de seus inimigos, que se retiraram.

— Miguel! Miguel! Miguel! Miguel!

E eis que um Ruína surgiu por uma das entradas, em meio à luz negra que impregnava o ambiente.

— Reagrupar! – requisitou Miguel.

— Parabéns por ter chegado a seu fim. Mas devo dizer que você conseguiu chamar a minha atenção, pirralho.

— Quem é você?

— Hahahahahaha! – gargalhou o Ruína. – Vou te dar a honra de saber quem sou: me chamo Mundrium, Ministro Ruína encarregado da conquista desse planeta atrasado.

— Isso é o que você pensa, idiota!

— Hahahahahahaha! Seu fraco! Você é um fracote! Como sua mãe! Hahahahahaha!

Miguel se controlava, mas já não aguentava mais. Uma estranha agonia tomava conta dele. Uma vontade de chorar... até que se lembrou de sua mãe, de Bel, de Clara e sorriu.

Levantou os olhos encarando o Ruína e saltou, rasgando-o com seu machado fumegante.

Teria sido seu fim, não fosse o fato de o machado ter passado através dele. Era apenas um holograma.

— Hahahahahahahaha! – gargalhava o Ruína.

Miguel pensava em como agir diante daquela situação quando viu seu corpo ser golpeado e projetado no ar, caindo, desnorteado, no chão. Um imenso homem-escorpião negro surgiu, atravessando o holograma e golpeando-o rapidamente. O golpe foi tão forte que a fusão dos dois foi desfeita: Miguel caiu para um lado e Leônidas para outro.

Enquanto Leônidas se contorcia, Miguel gritava de dor. O golpe foi o mais forte que já tinha recebido.

Caído no chão do laboratório, Miguel pôde observar melhor o ser à sua frente. Aquele monstro, metade homem, metade escorpião, vestia uma roupa negra medieval que deixava exposto seu peitoral musculoso. De suas costas, surgia uma imensa e ameaçadora cauda, pronta para disferir um golpe fatal. Portava em uma das mãos um grande escudo de onde se originava a luz negra que invadia o ambiente, e na outra um mangual de guerra: arma medieval composta de um cabo de madeira do qual sai uma corrente com uma esfera metálica com espinhos na ponta.

Seus olhos eram amarelos e, no lugar de uma esfera, no centro, tinha uma estrela negra. Não restava dúvidas: aquele era seu pai! Agora, o fiel escudeiro de Mundrium.

— Ah, seuuuuuu...

O brado de Miguel foi interrompido por uma intensa luz azul que tomou conta do lugar, cegando a todos.

— Segure a alça, rápido! – disse Saragon.

Instintivamente ele tomou a alça da maleta e, após uma imensa explosão, sumiu, sobre gritos enfurecidos de Lúcius.

...

Alguns minutos se passaram, e Miguel aproveitou para se recuperar. Estava no meio do nada, dentro de uma casa abandonada. De lá avistava um imenso campo verde.

— Você está bem? – disse o pequeno holograma de Saragon.

— Sim – disse Miguel, ainda tonto.

— Sente-se ao sol, você vai melhorar.

— Onde estamos?

— No interior da Índia. Esconderemos o *kit* aqui, por enquanto. Recupere-se, temos algum tempo.

Miguel ficou alguns segundos admirando aquele lugar, meio em estado de choque. Aos poucos foi se recuperando e lembrando-se da batalha, de sua missão...

— Já me sinto melhor. Precisamos proteger minha mãe, Clara e Bel!

— Abra a maleta, Miguel.

O laboratório surgiu, transformando a sala abandonada em um ambiente ultramoderno.

— Agora coloque-o em modo automático, para que fique permanentemente ativado.

— E ninguém o achará aqui?

— Segundo minhas pesquisas recentes, há muito tempo que ninguém vem a esse local. Essa aldeia foi abandonada há anos por seus antigos habitantes. Além do mais, você ficará fora por poucos minutos, lembra?

— Sim, um mês de Germinare corresponde a apenas vinte minutos daqui.

— Mas em breve teremos que colocá-lo em um local seguro e precisaremos rever nosso sistema de defesa. Pelo que vimos, os Ruínas conseguiram uma maneira de burlar a luz de Germinare.

Miguel ficou alguns minutos contemplando a paisagem.

— Está pronto para conhecer seu planeta de origem, Miguel?

— Sim, estou.

— O porta-memória está com você?

— Sim!

— Então vá. Não há tempo a perder.

9. O Conselho Germinariano

Lá estava Miguel, vestido em seu traje preferido – terno preto e óculos de agente –, caído sobre uma mesa enorme, sob olhares surpresos dos germinarianos. Eles falavam um idioma diferente, mas graças ao *kit* podia entendê-los.

— Acho que calcularam mal o meu pouso – disse Miguel naquela língua estranha, divertindo-se.

Diversas pessoas o olhavam assustadas. Naquela enorme sala de reunião, com paredes brancas e brilhosas, havia vários soldados com uma armadura estranha e alguns idosos vestidos com uma espécie de túnica. Dentre eles, um olhar fraterno chamou a sua atenção.

— Saragon!

Miguel correu em sua direção até ser parado por lanças germinarianas em seu pescoço.

— Você o conhece, Rainha?

— Não, mas abaixem as armas. Ele é apenas uma criança! Uma criança germinariana!

Enquanto murmurinhos inundaram aquela sala, Saragon aproximou-se do jovem.

— Como se chama?

— Sou eu, Miguel, não lembra?

— De onde me conhece, filho?

— Do treinamento na Terra. O transporte afetou sua memória?

— Menino insolente! – murmuravam os outros.

— Acalmem-se, por favor, conselheiros!

Miguel finalmente entendeu o que estava ocorrendo. Ele conhecia o holograma de Saragon e não a pessoa.

— Posso ter acesso às suas memórias, Miguel?

— Sim, majestade.

Enquanto lia e analisava suas memórias, todos ficaram em silêncio na sala. Miguel estava inquieto, mas se conteve. Alguns minutos após analisar o filme que passava em sua cabeça, Saragon concluiu:

— Devemos homenageá-lo e não ameaçá-lo! Estamos diante de um pequeno herói.

Miguel respirou aliviado com aquela colocação.

— Você tem algo para mim, certo, Miguel?

— Sim – disse Miguel, entregando-lhe o porta-memórias de sua mãe, sob olhares desconfiados dos presentes.

— Conselheiros, as memórias do jovem Miguel já estão no banco de dados, para análise de todos. Quanto a isso aqui, bom, vocês já devem ter entendido do que se trata. Analisem o material. Já volto para iniciarmos uma reunião de emergência. É preciso agir rápido, estamos diante de um perigo iminente! A situação é muito grave!

Os conselheiros mobilizaram-se em torno da mesa, concentrados, provavelmente analisando suas memórias.

— E, por favor, alguém chame Estelar aqui. Digam que preciso dela imediatamente.

— Sim, senhora – respondeu um dos soldados.

— Quem são eles?

— São agentes, Miguel: agentes das galáxias, como um dia você também será, espero.

— Mas agentes não têm que usar um terno preto e óculos, feito esse meu?

— Abolimos esses trajes há milhares de anos.

— Mas é bem mais bonito que essas roupas que vi; nem parecem agentes! – disse Miguel, espontaneamente.

— Pensaremos a respeito de seu conselho, Miguel. Agora venha, vamos tomar um pouco de ar.

— A senhora demorou muito para ler a memória, não é? Eu já estava nervoso aqui... lá na Terra, era questão de segundos...

— Mas lá não era eu quem analisava, e sim um poderoso sistema computacional – divertiu-se Saragon, notando que ele ainda a confundia com seu holograma.

— Sim, eu sabia... – disse Miguel, disfarçando o mico.

— Vivemos muitas aventuras juntos, não foi, Miguel?

— Sim, foi mesmo.

— Veja, esta é sua pátria: Germinare!

Miguel vislumbrava pela sacada uma imensa cidade. Os prédios eram modernos e todos brancos com aquela luz azul intermitente com a qual já estava habituado. No fundo, um lindo mar tornava o ambiente familiar.

— Vocês têm praia aqui também?

— Sim, Miguel – respondeu Saragon sorrindo. Tudo o que conhece na Terra, de certa forma, é uma réplica da Germinare de milhares de anos atrás.

— Legal!

— Sua família corre perigo. É preciso agir rápido. Nossa luz não é mais efetiva contra os Ruínas, mas pensaremos em algo, não se preocupe.

Miguel estava tão deslumbrado com toda aquela novidade que quase havia se esquecido de suas prioridades. Seu nervosismo novamente desapareceu ao ver aquela linda menina, que parecia regular com sua idade, talvez um pouquinho mais velha, adentrar ao recinto. Tinha olhos azuis, cabelos brancos e finos, além de feições angelicais e vestia um lindo vestido azul cintilante.

— Majestade! – disse Estelar, curvando-se.

— Miguel, essa é Estelar, minha neta. Estelar, cumprimente Miguel, da Terra.

Aquela criança tinha o mesmo nome da mãe de Miguel.

— Da Terra? Que legal! Você é um verdadeiro terráqueo?

— Ele é um germinariano, como nós, mas foi criado na Terra. Quero que o leve para a sala de reenergização. Ele foi ferido em batalha e precisa de cuidados. Miguel precisa se alimentar também. Enfim, cuide de nosso convidado: ele é sua responsabilidade, Estelar!

— Sim, majestade.

— Agora, por favor, me deem licença. Há muito a ser feito e não devemos perder tempo.

Miguel e Estelar caminhavam calados por um longo corredor. Ele ficou meio bobo ao vê-la, mas resolveu quebrar o silêncio:

— Você é uma criança de milhares de anos?

— Hã?

— Bom... eu aprendi que os germinarianos são imortais e não envelhecem.

— Sim, é verdade. Tecnicamente, sou uma criança como você. Só me tornarei adulta após partir em missão. Já cursei alguns anos na Academia, mas ainda não fui iniciada.

— Iniciada?

— Sim, todos devemos partir em missão, sob a tutela de agentes experientes. A partir dos doze anos, depois de cursar os primeiros módulos da academia, estamos aptos para ser iniciados.

— Legal! E para onde pretende ir?

— Terra, quem sabe? Pelo visto, você trouxe novidades. E, se está aqui, em breve poderemos reestabelecer a ponte Germinare-Terra.

— É, o *kit* de teletransporte já está lá – disse Miguel, disfarçando o sorriso.

— A propósito, gostei de sua vestimenta terráquea.

— É um terno – gabou-se.

— Chegamos. Agora você deve obedecer as doutoras. Volto daqui a pouco para te buscar – finalizou Estelar, que partia sob o olhar abobado de Miguel.

Após dormir por horas, foi despertado por Estelar, que o conduziu à sala do Conselho, a pedido de sua avó.

— Miguel, você deve retornar à Terra. Tudo já foi arranjado. Esses agentes lhe acompanharão, assim como Estelar. Ela finalmente escolheu o local de sua missão de iniciação; pelo visto, conquistou uma amiga.

Miguel apenas sorriu sem graça, assim como Estelar.

— E a minha mãe e a dinda e...?

— Apenas siga o plano. Todos vocês terão guarda-costas germinarianos, de agora em diante. São os nossos melhores: agentes de minha guarda real.

— Mas eles não vão querer, você não conhece minha mãe...

— Eles não vão saber, Miguel. Confie em mim!

— Mas e os Ruínas?

— Isso agora é conosco. O *kit* de teletransporte já foi conectado aos satélites da Terra e aos nossos. Já sabemos onde estão os Ruínas. Você estava certo, eles atacarão na Copa do Mundo. Os testes do vírus já se iniciaram, mas em breve teremos a cura.

— Já? Nossa, que legal!

— Graças a Estelar, sua mãe. Além de uma séria denúncia, que apuraremos, sua memória guardava preciosas informações sobre o vírus dos Ruínas.

— E minha mãe, acharam ela?

— Não, infelizmente não, Miguel. Mas continuamos rastreando com nosso sistema de satélites. Guardemos a esperança!

— Ok – disse ele desiludido.

— Em poucas horas terráqueas, o antivírus e a vacina estarão prontos. O restante do trabalho você fez, criando os acessórios de cabeça e veiculares, não foi mesmo, Miguel? Ótima ideia, parabéns!

Miguel sorriu, sem graça. Saragon continuou:

— Em poucos dias terráqueos, entregaremos em sua confecção o líquido a ser colocado nos bastões plásticos de seus acessórios de cabeça e veicular. Sua missão e a de Estelar será o de garantir a massificação dos produtos que você criou. Para isso, terão o apoio dos fiéis agentes que compõem minha guarda pessoal. É essencial que suas vendas atinjam o maior número possível de pessoas, ok?

— Sim, majestade – disseram ambos, em coro.

— E os Ruínas? Os invasores... – indagou Miguel.

— Esse é um problema a ser tratado por nossos agentes mais experientes. Felizmente, os Ruínas não são tão numerosos na Terra quanto imaginamos inicialmente. Mesmo contando com a proteção de Lúcius, estou segura de que acabaremos com seu plano de usar a Copa do Mundo para disseminar seu vírus!

— E vão capturar meu pai também, certo?

— Não se preocupe, Miguel... Lúcius agora é um problema das autoridades germinarianas. Preocupe-se com sua missão apenas. Podemos contar com você?

— Claro!

— A propósito, trate de enturmar Estelar na Terra! Divirtam-se na missão! Que a Luz de Germinare os ilumine!

E assim partiram, esperançosos. Estelar não via a hora de conhecer a Terra. Talvez, além da Terra, Miguel fosse o outro responsável por sua empolgação.

...

Já na Terra, Estelar, Miguel e os agentes combinaram a abordagem inicial. Não antes de Miguel explicar-lhes as roupas que deveriam projetar em seus trajes biônicos. Para os padrões da Terra, suas vestimentas eram ridículas.

Já se aproximava das 16h quando Miguel foi trazido por agentes florestais até Clara e Bel. Sem desconfiar que eram na verdade membros da guarda pessoal da rainha de Germinare, Clara ouviu-os atentamente.

Eles disseram que acharam Miguel perdido na mata e trataram de trazê-lo de volta. Miguel encenava bem seu papel, fingindo estar arrependido.

Clara ficou chateada com Miguel o fim de semana inteiro. Já Bel estava tão aliviada de tê-lo de volta que estava ainda mais grudada nele.

Ao voltarem para o Rio, encontraram um caminhão pipa que trazia o líquido fluorescente. Seria uma doação de um fornecedor holandês que queria entrar no Brasil. O líquido foi doado, pois queriam testar em campo a eficácia do novo produto. E foi Miguel quem tinha planejado tudo aquilo, em segredo. Isso aliviou, e muito, a barra de Miguel. Clara nem contou para sua mãe sobre o incidente – pelo contrário, só fez elogiá-lo pela sua iniciativa.

Ao contrário de sua mãe, Bel não gostou nada nada da novidade, pois ela veio acompanhada de outra. Os fornecedores resolveram morar na comunidade e participar voluntariamente do projeto. Prestariam assistência técnica e até ajudariam no marketing e na comercialização dos acessórios. Até aí tudo bem, mas Miguel agora tinha outra amiga inseparável: Estelar. Ela e seus pais e tios, os pseudofornecedores, agora eram vizinhos de Miguel. Seu sotaque carregado chamava atenção na comunidade.

O fato de serem holandeses ajudava a disfarçar a falta de familiaridade que tinham com a Terra. Todas as suas gafes eram prontamente justificadas pelos moradores: "que estranho, mas deve ser assim que se faz lá na Holanda!"

Em poucos dias os produtos foram distribuídos no Brasil inteiro. Os protestos voltaram à passividade de antes, incidentes eram cada vez mais raros; tudo indicava que os agentes estavam tendo sucesso em sua missão.

As vendas prosperavam. O fato de holandeses terem se unido a empreendedores da Favela da Mata para criar aqueles produtos inovadores chamou a atenção da imprensa nacional e internacional. Além disso, o produto foi criado por uma criança!

Clara e os gringos não paravam de conceder entrevistas, inclusive para TVs internacionais. Quando mais expostos na mídia, mais as vendas aumentavam.

Os *kits* de retrovisores venderam a contento, mas as Bandeças foram um sucesso muito maior que o esperado. A fábrica já não dava conta de produzir a quantidade necessária. Tiveram que partir para o plano B: terceirizar parte da produção para conseguir suprir a demanda.

O sucesso era tão grande que tiveram que fabricar bandanas com as cores das bandeiras de outros países. Tudo indicava que os estádios e as ruas brasileiras estariam lotados não apenas de torcedores, mas de Bandeças.

A mãe de Miguel era só alegria – além de ter se tornado uma empresária, dinheiro não seria mais problema. Já estava até vendo uma nova casa para morarem. A fábrica, no entanto, permaneceria na comunidade. Além de gerar empregos locais, ela tinha uma série de projetos sociais em mente para ajudar os moradores do local.

Em meio a tanto trabalho, os dias passaram voando. Finalmente era chegado o momento do tão esperado evento de abertura da Copa. Os Ruínas bem que tentaram atrapalhar. Chegaram até mesmo a atacar a residência de Miguel, mas foram impedidos pelos agentes, sempre em prontidão.

Clara, Bel, Lucas, cujo comportamento tinha mudado radicalmente para melhor, Estelar e sua família, Miguel e sua mãe resolveram assistir ao evento juntos, lá na quadra, onde montaram um telão e ajudaram a patrocinar uma festa para os moradores. Criaram a sua própria *Fan Fest*!

Miguel já estava ficando habituado a conceder entrevistas também. Eles vibraram ao ver pela TV o sucesso das Bandeças, no estádio e nas *Fan Fests*. Os protestos violentos haviam desaparecido por completo e dentro de poucas horas todos se arrepiariam ao ouvir o estádio lotado cantando unido o hino nacional brasileiro, à capela, no gogó, sem contar com nenhum apoio de áudio. A população estava empenhada em conduzir a nossa seleção rumo ao hexa.

> *Boa tarde amigos, estamos aqui diretamente de uma Fan Fest improvisada, criada pelos moradores da Favela da Mata, mais uma iniciativa do menino-prodígio, o empreendedor mirim Miguel. E aí, Miguel? Animado para o início da Copa? Qual foi a sensação de ver seu produto na cabeça de tantos torcedores?*

Miguel já estava se acostumando com as entrevistas, mas amou essa especificamente. Graças à entrevista, a *Fan Fest* da Favela da Mata tornou-se um dos pontos de referência nas transmissões dos jogos pela TV. O Brasil inteiro via, jogo após jogo, a animação dos moradores comemorando, antes e após cada partida. Isso estava sendo revertido em interesse de empresários e políticos pelo local.

Tudo indicava que dias ainda melhores estavam por vir para os moradores daquela comunidade!

10. As Sementes da Revolução

Finalmente chegava o grande dia: a tão esperada final da Copa do Mundo.

Foi sofrido, mas, jogo após jogo, a seleção brasileira tinha finalmente chegado à final. Só restava o último adversário agora! E lá estavam Miguel, sua mãe, Bel e Clara reunidos no Maracanã. Era a primeira vez que todos eles iam a um estádio. Estavam maravilhados.

Maracanã quase lotado. Os milhares de torcedores presentes ansiosos para o início da partida principal. Pois é, havia uma outra partida sendo disputada simultaneamente, entre Bel e Estelar: a disputa pela atenção de Miguel.

Bel estava irritada, pois a "nojentinha" da Estelar tinha conseguido ingresso para assistir ao jogo ao lado deles. Estelar, por sua vez, já não aceitava mais quieta as provocações de Bel. Ambas tentavam disfarçar ao máximo a rivalidade entre elas, enquanto Miguel tentava se manter o mais neutro possível em meio àquela "disputa". Na verdade, tanto ele quanto Estelar tinham outra coisa a se preocupar: aquele ambiente descontraído de pré-jogo, onde dezenas de milhares de torcedores já gritavam o nome da seleção, escondia uma ameaça iminente.

Um grande número de agentes das galáxias foi deslocado até as dependências daquele estádio, por recomendação do Conselho de Germinare. Este, que seria o último evento da Copa, poderia ser o palco de um grande ataque dos Ruínas. A inteligência de Germinare havia interceptado algumas comunicações entre os Ruínas: tudo indicava que planejavam um ataque, mas não se sabia o quê ao certo.

Desde o início da partida, o clima tenso da torcida dividia espaço com a expectativa pelo ataque dos Ruínas. Aquela sensação perdurou o jogo inteiro e só terminou quando o apito final finalmente indicava mais um título para a seleção brasileira!

"Hexacampeão! Hexacampeão! Hexacampeão!", gritava a torcida emocionada, a uma só voz.

Ao final, todos estavam relaxados e roucos de tanto gritar. Os Ruínas haviam desistido do ataque, provavelmente tendo percebido o grande número de agentes germinarianos no local.

Uma multidão deixava o estádio para comemorar nas ruas. O clima de festa imperava. Estelar, Miguel, Bel e os demais decidiram esperar, para evitar se espremer em meio a tantas pessoas. Quando o estádio já estava praticamente vazio, eles partiam calmamente, até que Bel e sua mãe decidiram ir ao banheiro.

Enquanto esperava por elas, Miguel conversava com algumas pessoas que trabalhavam na organização do evento. Ele não era nenhuma celebridade mirim, mas, graças à sua exposição na mídia, era frequentemente reconhecido; já tinha até distribuído alguns autógrafos aquele dia.

— Você é ainda mais fofo pessoalmente – disse uma senhora de óculos.

Ele apenas sorriu sem graça.

— Socorro! Socorro! Ajudem!

— O que houve, dinda?

— Alguém sequestrou a Bel! Lá vão eles! Socorrooooo! Miguel, nãooo! Espera!

Pela escada abaixo desciam dois homens com Bel pelas mãos. Enquanto aquela senhora acionava a segurança pelo rádio, Miguel e Estelar desciam em disparada atrás dos meliantes, acompanhados de dois agentes germinarianos. A maioria dos agentes acompanhava a saída dos torcedores do estádio. Apenas quatro membros da guarda real germinariana estavam ali naquele momento; dois deles ficaram de prontidão para proteger Clara e a mãe de Miguel.

Estelar, Miguel e os agentes acionaram seu traje biônico, tornando-se invisíveis, mas não foram apenas eles que desapareceram. Não havia nenhum vestígio sequer de Bel, até que os avistaram no campo, onde os malfeitores estranhamente pararam. Pareciam aguardá-los. Bel estava deitada no solo, desacordada.

— Ruínas! – gritou um dos agentes.

Rapidamente criaram uma imensa gaiola, que cobria quase a metade do campo, em modo invisibilidade. Era preciso cuidado para que os terráqueos não presenciassem aquela batalha. Dentro da Arena, além dos dois Ruínas que levaram Bel, muitos outros surgiram.

— Peguem Estelar! - ordenou um dos Ruínas.

Então esse era o verdadeiro alvo: queriam sequestrar a neta da rainha, claro! Como não haviam percebido isso antes?

E uma grande batalha se iniciou. Miguel e os agentes se agruparam de costas uns para os outros. Simultaneamente, integraram-se a seus *Scutus* e partiram para a batalha! Estelar não teve a mesma sorte, foi prontamente golpeada e caiu ao lado de Bel.

Apesar de mais numerosos, um a um eles caíam perante os agentes, até que finalmente lá estava ele: Lúcius, integrado a seu *Scutus* de escorpião, que golpeou o primeiro agente em cheio. O segundo agente imediatamente o atacou, mas em poucos minutos foi imobilizado. Quando estava prestes a atingi-lo com sua cauda, Lúcius foi surpreendido por um golpe do machado de Leônidas, que, até então distante do combate, aguardava o melhor momento para atacar. Recuperando-se rapidamente, Lúcius embolou-se com Leônidas no chão; suas armas tinham voado longe.

— Não se metam! - ordenou Lúcius aos Ruínas que os cercavam.

Eles assistiam à luta batendo com suas espadas em seus escudos simultaneamente, tão entretidos estavam que ignoravam até mesmo seu alvo: Estelar.

Em meio àquela melodia do mal, Leônidas, por cima, tentava estrangular Lúcius, que, por sua vez, fazia o mesmo. Sem que Leônidas percebesse, Lúcius estava prestes a aniquilá-lo: sua cauda surgia lentamente pelas suas costas, pronta para desferir o golpe fatal. Até que algo estranho aconteceu!

Pela primeira vez, depois de tantos anos, os olhares de pai e filho se reencontraram. Olharam-se nos olhos, através de seus *Scutus*, e assim permaneceram por alguns segundos, paralisados, quase hipnotizados.

— Agentes! - exclamou um dos Ruínas.

Dezenas de agentes surgiram. Alguns deles formaram um círculo em torno de Estelar, protegendo-a. Os demais proferiam ataques fervorosos contra os Ruínas.

Lúcius golpeou forte o rosto de Leônidas, desvencilhando-se. Após derrubar alguns agentes, partiu em fuga pelo gramado, até desaparecer.

Minutos depois, lá estava Miguel, simultaneamente abraçado por suas amigas, já recuperadas e devidamente entregues aos cuidados da equipe de segurança do estádio.

Horas depois o episódio estava superado, graças à animação de sua festa de aniversário, o melhor de sua vida, por tantas e tantas razões.

E desde então Lúcius e os Ruínas sumiram, mas uma coisa era certa: a vida de Miguel e daqueles que estimava jamais seria como antes. Era preciso vigiar constantemente. Só agora Miguel percebia o quão forte e imprevisível era a ameaça que o cercava. Os Ruínas jamais desistiriam... não deixariam barato aquela interferência em seus planos maquiavélicos.

Além disso, um pensamento constantemente visitava a mente de Miguel. Por um instante, ao olhar Lúcius nos olhos, durante a batalha, teve a sensação de que seu pai, o homem honrado de que Saragon falava, ainda estava ali. Ele poderia ter acabado com Miguel, por que não o fez?

...

Dias depois, lá estavam Miguel e Estelar de volta a Germinare. Como prometido, Saragon organizou não apenas um banquete, mas uma homenagem a Miguel.

Os agentes formavam um corredor com suas lanças, as quais batiam umas contra as outras. Miguel passava pelo túnel ainda incrédulo de tudo aquilo, até que subiu no enorme palco, transparente e luminoso, onde a rainha e os demais membros do Conselho o aguardavam.

— Pela sua bravura e determinação, receba, Miguel, esta medalha de honra. Que esta seja a primeira de muitas conquistas vindouras!

— Miguel! Miguel! Miguel! – gritavam os dezenas de agentes que prestigiavam sua condecoração.

— Majestade, com a vossa licença, gostaria de fazer uma singela homenagem a nosso bravo guerreiro – disse Estelar.

Sob um aceno positivo de sua avó e rainha, cruzou seus braços, sendo seguida por todos os agentes, que agora vestiam-se de terno preto, camisa branca, gravata preta e óculos escuros, feito os trajes de Miguel.

— Salve a luz de Germinare! – gritaram todos em coro, inclusive Miguel, sem conter as lágrimas.

A festa rolava solta, até música brasileira foi providenciada por Estelar. Os quitutes e as bebidas eram os melhores do mundo – afinal, podiam assumir a forma e o gosto que desejassem.

Na sacada, distantes da festa, Saragon e Miguel conversavam.

— Feliz, Miguel?

— Mais feliz impossível!

— Quero te falar uma coisa muito importante.

Miguel a olhava ansioso.

— Além de conter a elaboração do vírus Ruínas, seus pais tinham uma outra missão, a de propagar na Terra os ensinamentos de nossa Academia. Para isso, "plantaram" essa ideia na mente de alguns terráqueos cuja moral e comportamento fossem compatíveis com os nossos. Conforme vimos na memória de sua mãe, ela achou que tinha falhado, mas veja isso.

Saragon projetou no ar uma notícia da internet:

> *Um grupo de empreendedores pretende revolucionar o ensino mundial. Isso é o que prometem Victória, Maurício e Ricardo: imagine um lugar onde crianças, adolescentes, jovens e adultos sejam levados constantemente a ser felizes, inovar, gerir projetos, empreender: a vencer! Lá eles criariam novos negócios e aprenderiam a programar jogos, aplicativos para computadores, celulares e tablets e a programar placas eletrônicas para automação e robótica. Tudo isso em um só lugar, de forma integrada, interativa e complementar à sua escola tradicional. Esse lugar existe e chama-se I9mentor!*

— Tem o nome da Academia germinariana!

— Exato, Miguel, e mais ainda! Propaga os nove princípios de nosso escudo! Provavelmente sua mãe, além dos princípios, plantou o nome na mente dessas pessoas, para que, caso a semente germinasse, tivéssemos como perceber. As crianças que lá estudarem serão as sementes da revolução a que a Terra em breve assistirá.

— Então ela não falhou na sua missão?!

— Definitivamente não...

— Ao que consta, essa iniciativa, que tem o mesmo nome de nossa Academia, começará a ser implementada na Terra em dezembro deste ano. Eis sua nova missão, Miguel:

1. Ajude essas pessoas a implementar este novo negócio e a propagar nosso método entre os terráqueos.
2. Dentre os formandos dessa iniciativa, recrute um exército de aliados que nos ajudem na guerra contra os Ruínas.
3. Defenda a Terra combatendo os *hackers* de mentes.

Saragon continua:

— Para isso, terá o apoio de Estelar; é desejo dela acompanhá-lo nessa missão.

— Sim, majestade!

— Você deverá estudar muito e se formar como Agente das Galáxias, Miguel. Não me refiro apenas ao aprendizado de nossos princípios, mas de nossa tecnologia. Precisa aprender linguagem de programação e outras técnicas avançadas de biologia sintética, como algoritmos biológicos e hipnóticos. Junto de seu *Scutus* precisará travar batalhas cibernéticas. Uma verdadeira guerra virtual se aproxima, Miguel: os *crackers*, porém, não têm como objetivo computadores, mas a mente das pessoas. O vírus foi apenas o começo...

— Sim, começo a perceber isso.

— Finalmente, quero falar outra coisa, Miguel, sobre sua mãe. Interceptamos algumas conversas dos Ruínas e encontramos o seu paradeiro.

— Majestade, os conselheiros requisitam sua presença com urgência – disse um agente, interrompendo a conversa.

— Em breve continuaremos nossa conversa.

Da sacada, Miguel vislumbrava Germinare, no entanto sua mente vagava... onde estaria sua mãe? Onde se escondeu esse tempo todo?

— Miguel! Venha já curtir a sua festa! É uma ordem, agente!

— Sim, senhora! – respondeu ele a Estelar, que sorria.

E lá foi Miguel. Jamais ignoraria um pedido de Estelar, ainda que continuasse a refletir sobre quais desafios o esperavam em sua próxima missão...

Bibliografia

BERGAMINI, Cecilia Whitaker. **Psicologia Aplicada à Administração de Empresas**. São Paulo: Atlas, 2005.

COMIOTTO, Tatiana. **Psicomotricidade**. Disponível em: <http://www.joinville.udesc.br/portal/professores/tatiana/materiais/Psicomotricidade.pdf>. Acesso em: 23 jul. 2014.

CORIA-SABINI, Maria Aparecida. **Fundamentos de Psicologia Educacional**. São Paulo: Ática, 1988.

DEL PRETTE, Zilda Aparecida Pereira (org.). **Psicologia Escolar e Educacional:** saúde e qualidade de vida. 4.ed. Campinas: Alínea, 2012. (Coleção Psicologia Escolar e Educacional)

DRUCKER, Peter. **Inovação e Espírito Empreendedor:** prática e princípios. São Paulo: Cengade Learning, 2008.

KD FRASES. Disponível em: <http://kdfrases.com/>. Acesso em: 23 jul. 2014.

KOUZES, James M.; POSNER, Barry Z. **O Novo Desafio da Liderança**. Rio de Janeiro: Campus/Elsevier, 2008.

LANDIM, Wikerson. Hackers podem criar vírus para invadir a mente humana? **Tecmundo**, 16 de dezembro de 2011. Disponível em: <http://www.tecmundo.com.br/m/16689.htm>. Acesso em: 23 jul. 2014.

LORO, John. Ceder para Vencer. **Loro John**, 27 de maio de 2009. Disponível em: <http://joao-mnv.blogspot.com.br/2009/05/ceder-para-vencer.html>. Acesso em: 23 jul. 2014.

NAKAMURA, Anderson. A lenda do judô. **Caminho da Suavidade**, 25 de agosto de 2011. Disponível em: <http://caminhodasuavidade.wordpress.com/2011/08/25/a-lenda-do-judo/>. Acesso em: 23 jul. 2014.

SOARES, Horácio. **A Criatividade na Infância e na Vida Adulta**. Disponível em: <http://internativa.com.br/artigo_criatividade_01.html>. Acesso em: 23 jul. 2014.

SUASSUNA, Ney. **É Proibido ter Ideias Novas.** Rio de Janeiro: SESAT, 1978.

TINTI, Simone. Por que é importante estimular a criatividade das crianças. **UOL Crianças**, 26 de setembro de 2011. Disponível em: <http://criancas.uol.com.br/para-os-pais/2011/09/26/por-que-e-importante-estimular-a-criatividade-das-criancas.jhtm>. Acesso em: 23 jul. 2014.

TOLEDO, Fabio. **Corpo de Tigre, Alma de Fênix.** Rio de Janeiro: Brasport, 2014.

WIKIPÉDIA. Disponível em: <http://pt.wikipedia.org/>. Acesso em: 23 jul. 2014.

XANDÓ, Flávio. Invadindo a mente humana. **FX Review**, 29 de maio de 2012. Disponível em: <http://www.fxreview.com.br/2012/05/invadindo-mente-humana-anatomia-de-um.html?m=1>. Acesso em: 23 jul. 2014.

YOUNG, James Webb. **A Technique for Producing Ideas.** Nova York: McGraw-Hill Professional, 2003.